ポルタ文庫

怪異収集録
謎解きはあやかしとともに

桜川ヒロ

新紀元社

contents

プロローグ

「それ以上行くな」

花島昌磨《はなじましようま》は、そこで初めて男の存在に気が付いた。


昌磨は祖母の家の庭で遊んでいた。

両親は海外に住む親戚の結婚式にお呼ばれしており、帰ってくるまでの数日間、彼は足腰の悪い祖母の家にお世話になっていた。

黒い瓦屋根の平屋に広い庭。端には鯉が泳いでいる小さな池と、クロガネモチの木が数本。五葉松の木も植えてある。

周りには田んぼしかなく、一番近くの家も徒歩で五分はかかる距離にあった。

彼の大好きなジュウキンジャーのシール付きウエハースが売ってある商店はもっと離れていて、二十分以上歩かなければならない。

そんな田舎の、庭だけは無駄に広い祖母の家で遊んでいる時に、昌磨は男に声をかけられたのだ。

先ほどまで祖母と話していたのだろうか。男は玄関付近に突っ立って、昌磨のほうをじっと見つめている。

陰鬱な雰囲気をまとった男だった。年齢は二十代半ばといった感じだろう。黒い着物に黒い羽織。半衿と羽織紐は灰色だったが、こちらにも色はない。髪の毛は茶色だったが、その色も暗く、肌は白かった。

まるでモノクロ写真から飛び出してきたような男だったが、一つだけ鮮やかな色を持っていた部分があった。それは彼の両目だった。

彼の両目は赤かった。泣いた後のように白目の部分が充血しているわけではなく、瞳の部分が真っ赤に染まっている。

男の赤い瞳は人間のそれではなかったけれど、不思議と恐怖はなかった。

ただ、南天の実のようだと、呆《ほう》けた頭で考えていた。

「そっちへ行くと戻れなくなるぞ」

彼は抑揚のない声でそう言う。

指す先には祖母が買ってくれた水色のボール。

それは家の陰に隠れるようにひっそりとあった。

昌磨は先ほどまでそのボールで、大好きなサッカー選手のまねをしてリフティングの練習をしていたのだ。あそこまで転がっていってしまったボールを取りに行こうとしたとき、男が声をかけてきたのである。

「どうして、戻れなくなるの？」

昌磨は首をひねりながら尋ねた。

「見てみろ」

彼の長い指がくいっと空を引っ掻いた。よく見てみれば彼の爪は長く鋭い。

その長い爪に気を取られていた昌磨の視線を、男は顎でボールに戻した。

「あれ？」

そこにはもう水色のボールはなくなっていた。代わりに白い石のような塊がある。

――それは白い頭骸骨だった。

何もかもを吸い込んでしまいそうな黒い眼窩《がんか》はじっと昌磨のことを見つめている。

底の見えないその二つの穴に、悪寒が走った。

「うわぁぁぁあぁ!!」

叫び声を上げながら尻餅をついた。

先日降った雨でできたぬかるみに尻がはまり、ズボンとトランクスが濡れる。

頭骸骨はカチカチと歯を鳴らしながら笑い、すぅっと消えてしまった。まるで、いたずらがバレた子供のような笑い方だった。

頭骸骨とは違う意味で昌磨の歯はカチカチと鳴る。

なんなんだあれは。あんなの、見たことがない。

「本物のボールはこっちだ」

震える昌磨の腹のところに、男は水色のゴムボールを置いた。そして、手で昌磨の目を覆う。

なぜか抵抗できなかった。

驚いて身体が固まっていたというのもあるのだが、彼の手首から香ってくる果実のような匂いに気を取られたというのもある。

熟れたメロンのような甘い香りだ。

耳元で、しゅるり、と何かが這う音がした。

「さっき消したばかりだからな。すぐに消すのはまずいか」

手の隙間から男の顔が見えた。

「それならば、一時の夢ということに……」

間近で見た男の額には、小さな角が二本生えていた。

第一章　通り魔

自動車がぶつかってきたのかと思った。

「――ってことで、お前も気をつけろよ！」

友人に背中を叩かれて、花島昌磨は跳ね起きた。思わぬ衝撃に咳き込み、むせる。

一瞬何が起こったのかわからなくて混乱したが、辺りを見回して安心した。昌磨が通う大学の教室だ。

教室の席は黒板から離れれば離れるほど高くなっており、その一番後ろに昌磨と友人たちはいた。幸いなことに授業はまだ始まっていない。

「なんだ？　昌磨、寝てたのか！　ごめんなー！」

お調子者の大和《やまと》が全く悪びれることなく笑う。『へへ……』なんて可愛らしいものじゃない。『がはは!!』といった感じの笑い方である。

「いや、寝ていたのわかったろ。酷いことするなー」

一見、真面目な慎重派に見える眼鏡、喜宏《よしひろ》が目を眇《すが》めた。

二人とも昌磨が大学に入ってからできた友人だった。入学して最初の説明会のときに知り合い、それからの仲である。

昌磨は大学二年、十九歳だ。

もう一年以上の付き合いなので、二人ともそこそこに気心が知れている。

「本当に気づかなかったんだって！」

「昌磨、明らかに伏せてただろ！」

責めるような喜宏の声に大和は頬を膨らませる。

「喜宏は、俺がそこまで周りに目を配れるやつだと思ってんのかよー！」

「そこで胸を張るな！」

「喜宏、いいよ。ちょっとうたた寝してただけだし。むしろ助かった。次の講義、居眠りしたら出席点もらえないからさ」

昌磨は苦笑いを浮かべながら頬を掻いた。

簡単にワックスでまとめた茶髪に、スウェットパーカー。ミリタリー感のあるMA－1を羽織り、スラックスを穿いている。

顔が悪いと言われたことはないが、現在彼女はいない。頼りなげな表情が彼を『友だちとしてならいい人』のカテゴリーに分類させているようだった。

昌磨はあくびを噛み殺す。

「お？　最近、あまり眠れてないのか？」

先ほどのこともあり、若干申し訳なさそうな大和が顔を覗き込んでくる。

「まぁ」

「またバイトしてたんだろ？　いい加減にしないと本当に身体壊すぞ！」

曖昧に頷く昌磨に、喜宏は口をへの字に曲げた。

「奨学金だって貰ってるんだろ？　そんなに生活きついのか？」

「まぁ、生活はいつもギリギリなんだけど……」

確かに昌磨は、奨学金を貰いながら大学に通い、生活費を稼ぐためにバイトに明け暮れる、典型的な苦学生だ。

去年亡くなった祖母が残してくれたお金は多少あるが、いざというときのために手はつけていない。なので、常に生活苦にあえいでいる。

しかし、寝不足の本当の理由は別のところにあった。

(こんなものさえ見えなかったらなぁ……)

友人二人を眼前に据えながら、昌磨は頬を引きつらせる。

隣にいる大和の頭には大きな大福のような白い生物が乗っていた。

ぎょろっとした一つ目のお茶目なやつだ。どこら辺がお茶目なのかというと、よだれを垂らしながら、大和の頭をガリガリと噛んでいるあたりだ。

実に美味しそうである。

その奥にいる喜宏の首には黒い蛇が巻き付いていた。

蛇といっても身体を覆っているのは鱗ではなく毛だ。頭からは触角のようなものが二つ生えていて、その先端に目玉があった。人のような長い舌が喜宏の顔を先ほどからペロペロと舐めている。

（俺にしか、見えてないいんだよな……）

そう思う昌磨の肩には、唇がついた蟹が五匹ほど群れをなして乗っていた。はさみの部分がぶよぶよとした人間の肉のようになっているのがなんとも奇怪だ。

……というか、ちょっと気持ちわるい。

昌磨の寝不足の原因はコレだった。

これらは一ヶ月ほど前から、なぜか見えるようになった幻である。

幻は日を追うごとに鮮明になっていき、数を増やしていた。小さなものから大きなものまで、美醜や形も様々だ。

幻たちは別段何をするというわけでもない。昌磨の周りに集まって、うようよと蠢《うごめ》いたり、囁いたりしてくるだけだ。

ただ、幻といえどなぜか触感も質量もある。足にまとわりつけばうざったいし、肩にのしかかってくれば重たかった。それに煩《うるさ》い。

しかし、そんなことは我慢すればすむ問題だ。この幻の一番の問題は眠るときだった。

就寝時になると、彼らは一緒に眠りたいのか昌磨の布団に潜り込もうとしてくる。それを追い払って一人で布団に入っても、脇から布団に入ろうとしたり、昌磨の身体に乗ろうとしたりする始末だ。

あまりの重さに息苦しさを感じ、飛び起きることもしょっちゅうで、最近では布団に座った状態で眠るようになった。

それでも耳元で聞いたことのない鳴き声を上げられたり、膝に乗られたりすることはあるので眠りは浅いままだが、窒息の危険があるよりはましだった。

そういった事情から、ここ一ヶ月ほど昌磨は寝不足の日々を過ごしている。そして、それは彼の日常生活を確実に脅かし始めていた。

つい二、三日前も昌磨は寝不足のあまり、講義の終わった教室で気を失うように眠ってしまい、バイトに遅れてしまった。ここ数日は連続で大学の講義中に寝落ちしている。成績優秀者だけに与えられる、返済不要の奨学金を貰っている彼にとって、それは死活問題だった。

(最低でも成績だけは落とさないようにしないと。奨学金が打ち切られたらほんと洒落にならない……)

そんな風に思っていた矢先、昌磨は大学の大門《だいもん》教授に呼び出された。

身体のラインが見えるベストと、黒いスラックスの似合う彼は、人差し指の第二関節で眼鏡のブリッジを持ち上げながら淡々とこう宣《のたま》った。

「花島、この調子だと来期の奨学金は受けられないからな」

「え⁉」

カエルが潰れたような声が喉の奥から漏れた。

大門は「それだけ」と言うやいなや、昌磨の成績が書いてあるだろう紙を机の端に放る。そして「帰っていいぞー」とどうでもよさげに告げた。

昌磨は背を向ける大門に追いすがった。

「ちょ、待ってください！　なんとかなりませんか⁉」

「なんとかなりませんかって。この小テストでどうしろって言うんだ」

丸めた紙の棒で、ぽか、と叩かれた。

その紙を広げてみれば、先日行われた小テストの答案が出てくる。

もちろん名前の欄には『花島昌磨』。そこに書かれている点数を見て、昌磨は血が凍り付く思いがした。

「三十八点って逆にすごいぞ。先月までは九十点台が当たり前だったのに」

「こ、これは……途中で寝てしまって……」

「小テストで寝るってどんだけ余裕ぶっこいてるんだよ」

呆れたように大門が言う。

答案用紙の下半分には、文字になりかけたミミズが這っていた。

「ま、とりあえず、このままじゃまずいってだけだから。これはあくまで小テストだし、成績に大きく関わるのは定期考査だ。それまでになんとかしとけ。最低でも『B』は無いと奨学金の推薦状は書けないからな」

さっさと帰れと言わんばかりに大門は手で昌磨を追い払った。

昌磨はしぶしぶ教授の部屋を後にする。

彼の通っている大学の成績はAからDまでで成績がつけられる。Dは単位不可というやつで、BかCの成績が一般的だ。

昌磨の貰っている大学の奨学金は学費全額免除という大変ありがたいもので、それ故に一年ごとに二回の審査があり、B以下の評価が三つ以上で審査が通らなくなるという大変シビアなものだった。

つまり、ほとんどの講義で、彼はAの評価を取らなくてはならないということだ。

奨学金が貰えなくなった昌磨に大学費用を工面する当てはない。もちろん国の奨学金というのもあるが、基本的にあれで学費全部は補えなかった。これ以上バイトを増やすのも無理があるし、現実的ではない。

定期考査までに寝不足を解消して成績を元に戻すか、金を工面しない限り、昌磨は学費が払えず中退になってしまう。

「そうなったら、ばあちゃんに顔向けができない……」

昌磨は頭を抱えながら、廊下をとぼとぼと歩く。

去年亡くなった祖母はたった一人で昌磨を育ててくれた、母であり、父であり、姉のような存在だ。彼の両親は飛行機の事故でずっと昔に亡くなってしまっており、それ以来、祖母が唯一の家族だった。

そんな祖母に、死んでまで心配をかけたくはない。

「なんとかしないと……」

しかし、なんとかできる当てはどう考えても見つかりそうになかった。

昌磨はそのままの足取りでふらりと大学の裏庭に立ち寄った。時計を見ればちょうど十二時。

今日は午後に一つだけ講義が入っており、その後はバイトの予定だった。

「昼飯でも食べるか」

悩んでいても仕方が無いと、昌磨はベンチに座り、鞄から弁当を取り出した。

昨晩の余りものを詰め込んだ弁当箱に、特大のおにぎりが二つ。具は自分で漬けた梅干しだ。

大学には食堂があるが、昌磨はあまり利用していなかった。学生の味方である食堂が高いということは決してないのだが、やはりお弁当を作った方が経済的だからだ。それに、自炊も嫌いではない。

「もし、奨学金が打ち切られたら、借金かな……。保証人なしで貸してくれるところってどこがあるだろ。……闇金？」

悪い考えばかりが頭をかすめる。

太股の上で弁当を広げると、昌磨の足下にわらわらと幻が集まり出した。今日は銀杏の実に小さな目がついたような子たちが多い。場所によって現れる幻は様々だった。甘えているのか、耳元で何やら話しかけてくる者もいる。うるさいので振り払うと今度はその手に乗っかった。

「お前らのせいなんだからな」

恨めしげに言いながらも乱暴には払えない。幻だが、本当に生き物のようなのだ。けれど、コレのせいで日常生活が送れないのだから、なんとかするしかなかった。

「こうなったら治すしかないけど、どこに行けばいいんだろ。病院になるのか？　精神科？　それとも、脳神経外科？」

どちらにしろやはり金がかかりそうである。

昌磨は深く息を吐き出す。

下げた頭に乗っかるような形で、今度は岩のような幻が落ちてきた。ずん、とさらに頭が下がる。

「知らない間にストレスでも溜まっていたのかな……」

頭に乗っかった岩を払いのけながら、昌磨はそうひとりごちた。

わらわらと寄ってくる幻たちを避けながら弁当をつついていると、急に彼らの視線が昌磨の後方に集まった。毛を逆立てているものもいる。

彼らの視線に促されるように昌磨は振り向いた。

すると数メートル先に、一匹の猫がいた。顔の下半分が白くなったハチワレ模様の白茶トラだ。猫は尻尾を上げて、身体をくねらせながらこちらに歩いてくる。まるでランウェーを歩いているみたいだ。

奇形なのか、猫の尻尾は根元から二股に分かれていた。

「にゃぁ」

猫はそこをどけと言わんばかりに堂々と鳴く。すると、幻たちはまるで蜘蛛の子を散らすようにその場から我先にと消えていった。

残ったのは久しぶりの静寂と昌磨と猫だけである。

猫は昌磨の座っているベンチに飛び乗ると、隣で背伸びをした。そのまま身体を丸くさせて、目を細める。このまま眠るつもりだろう。

「今のはお前が……？」

久しぶりの幻たちがいない空間に昌磨は目を見開く。

猫はけだるそうに首だけ上げ「にゃぁん」と鳴いた。そうよ、ということだろうか。

昌磨は弁当の唐揚げを箸でつまみ、猫の目の前に置いた。

猫は、ぴん、と耳を立て唐揚げを凝視した後、昌磨に視線を移す。

「ありがとな。ちょっと困っていたんだ」

猫は起き上がり、唐揚げにかじりついた。肉を引きちぎる様子は野生じみているが、尻を上げて美味しそうにかぶりつく姿は大変可愛らしい。

昌磨は弁当を太股に置いたままベンチの背もたれに背中を預けた。

「こんなに静かなのってすごく久々かも……」

ここ一ヶ月、起きていても眠っていても、意識の外ではいつも何かが鳴いていた。人の声をまねしたような鳴き声や、金属を引っ掻くような鳴き声を上げるものたちもいた。

でも今は、何も聞こえない。

風が木々を揺らす音を、昌磨は久しぶりに聞いたような気がした。

自然に瞼が閉じた。落ちた、といってもいいかもしれない。身体の力が抜けると同時に、昌磨の意識は溶けて消えた。

昌磨はスマホから鳴り響く電子音で目を覚ました。

両目を開けると辺りはもう薄暗く、太陽が西の山々に半分ほど浸かっているところだった。

最後の記憶が昼なので、もうずいぶんと長い時間、気持ちよく寝こけてしまっていたらしい。

スマホは一度切れて、すぐさま電子音を響かせる。タイミング的に同じ相手だろう。寝起きの呆けた頭で、昌磨は相手の名前を確認することなく電話に出た。

「……はい」

明らかに今まで眠っていたとわかるような、まったりとした声で応じる。

それもそうだ、身体はまだ完全に起きていない。頭は首の座っていない赤子のように、ぐらりと揺れた。しかし、電話口の地を這うような低い声を聞いた瞬間、昌磨の背筋はシャキッと伸びる。

『……花島君』

「て、て、て、店長⁉」

相手はバイト先であるカフェの店長だった。

そこではたと我に返る。そういえば今日は、バイトの日だった、と。

時計を見れば、もうバイトの時間はとっくに過ぎていた。どちらかといえば、終業時間の方が近い。

昌磨は慌てて立ち上がった。

「すみません！　今すぐ向かいます！」

『来なくていいよ』

「へ？」

『もう、うちの店に来なくていいから。バイトも別の子を雇うから安心して』

「ちょ、ちょっと、待ってください!!」

『それじゃ』

冷たい声が響いた後に、終話ボタンを押した後のツーツーという電子音が聞こえてくる。

昌磨は脱力したようにベンチに腰を下ろした。そして、頭を抱え込む。

(ほんと最悪だ……)

正直、ちょっと泣きそうだった。

「マジで、こいつらなんとかしないとまずい……」

昌磨は足取り重く家路についていた。

両肩には小さな鶏のような幻、頭にはスライムのような謎の物体の幻が鎮座している。

それらをふるい落としながらいつもの道を帰る。暗くなってきたからか、住宅街にもかかわらず辺りに人はいなかった。

近道に使っている路地を抜けると、目の前を見覚えのある影が通りすぎた。

昼間の猫である。

茶色と白のまだら模様の身体をくねらせながら、猫は細い脇道へと入っていった。

（そういやあの猫、幻を追い払ったんだよな）

昼間の出来事が頭をかすめる。足下を見れば、先ほどふるい落としたはずの鶏やスライムの幻が綺麗さっぱりいなくなっていた。

それどころか、いくら辺りを見渡しても、いつも側にいる幻たちも見当たらない。

（もしかしてあの猫を怖がって、逃げたとか？）

そう思ったときにはもう、昌磨は猫の後を追いかけていた。

猫は昌磨に気がつくことなく、脇道を抜け、住宅街の外れにある古ぼけた五階建ての雑居ビルへと入っていく。

（ここのどこかで飼われているのか……）

昌磨はビルを見上げた。

そのコンクリート造りのビルは見るからに年季が入っていた。花壇から伸びたツタが壁を覆い、ツタの間から見える外装はところどころ剥がれてしまっている。

「『天童《てんどう》探偵事務所』？」

三階の窓にでかでかとそう書かれた紙が貼られていた。シールだろうか。端が少し剥がれかけている。

大きなビルなのでテナントはたくさん入りそうなのに、看板はそこだけしか掲げられていなかった。

「『不可思議な事象、なんでも相談に乗ります』？」

続けて下に書いてある文字も読む。

「うさんくさい……」

それが正直な感想だった。

しかし、強調されている『相談無料！』の文字は大変魅力的に見える。

特に、奨学金打ち切りの危機を迎え、先ほどバイトをクビになった、今の昌磨には……。

昌磨は、幻たちのことを思い浮かべる。

「不可思議っていったら、不可思議だし。相談は無料なわけだし。何かあったらすぐに出てけばいいし……」

猫のことなどもう忘れて、昌磨は自分に言い聞かせるようにそう口にする。

まるで言い訳だ。けれど、こんなうさんくさい探偵事務所に頼らなくてはならない状況に理由がほしかった。

きっと『藁にもすがる思い』というのはこういう気持ちのことを言うのだろう。

「よし！」

意を決して、昌磨は入り口のガラス扉を押した。


「はい、はーい！」

出迎えてくれたのは、ショートカットの可愛らしい女の子だった。年齢は高校生ぐらいだろうか。くりくりとした大きな瞳が昌磨を映している。

溌剌《はつらつ》とした笑みを浮かべる彼女は、事務員にしてはカジュアルすぎる格好だった。オレンジ色のパーカーにデニムの短パン。すらりと伸びる足にはニーハイソックス。右が紫と黒のボーダー柄で、左足は黄色と黒のボーダー柄である。さらには緑のスニーカーという、全体的に派手すぎる配色だ。

彼女は昌磨の顔を見るなり、「お？」と声を上げた。

まるで思わぬ再会をしたといわんばかりの反応だが、昌磨はこんな派手な格好をする女の子に見覚えはなかった。

「お客様ですか?」

「はい」

緊張で声がうわずった。

彼女は機嫌よく唇を引き上げると、事務所の奥に向かって声をかける。

「天童さーん! お客さんですよぉ!!」

「んー? お客さん?」

やる気のない声がパーテーションの奥から聞こえてくる。

「うちみたいなうさんくさい探偵社に、そうそう客なんて来るわけないでしょ」

何かを払うように、ひらひらと手が出てくる。

彼はどうやらそこでテレビを観ているようだった。ドラマ特有の演技がかった男性の声が微かに昌磨のところまで聞こえてくる。

「うさんくさいってわかっているなら、直してくださいよー! それに、本当の、本当にっ! お客さんなんですってば!!」

女の子はずんずんとパーテーションの方へ近づいていく。

彼女が迎えに行っても、天童という男は奥から出てくる気はないようだった。

「え? ちょっと今いいところなんだけど」

「録画しとけばいいじゃないですか! なんのためにハードディスク買ったと思って

るんですか！」

「録画したのを観るのと、リアルタイムで観るのとは、臨場感が違うんだって。それにもうハードディスクもいっぱいで……」

「ぐだぐだ言ってないで、いいから出てきてください！　お客さんが、お待ち、です、よっ!!」

　女の子に引きずられる形で、男はパーテーションから上半身を出した。そして昌磨を見つけ、びっくりしたように目を瞬かせる。

「あ、ほんとにいた」

「だから言ったじゃないですか！」

　呆れた声を出しながら、少女は天童の脇に回していた両腕を放す。その瞬間、支えを失った天童の頭が床に、ごん、と叩きつけられた。

　相当痛かったのか、頭を抱えながらのたうち回っている。

　そのやりとりを見ながら、『あ、こいつダメかもしれない』と昌磨は目を半眼にさせた。

◆
◇
◆

「なるほど。一ヶ月前から変なものが見えると」

「はい。そうなんです」

真剣な表情の昌磨に対し、天童はうさんくささを全面に押し出したような顔で、大げさにふむふむと頷いた。

癖のある髪にすらりとした体躯。整った顔に張り付いているのは薄い笑み。年齢は昌磨より上、二十代半ばといったところだろう。

上質そうな長めのトレンチコートを着てはいるが、その下のシャツとベストにはアイロンがかかっておらず、スラックスにも皺が寄っていた。首元のボタンはもちろん外れている。

服装だけならきれいめだが、その着こなしにはそこはかとなくだらしなさが漂っていた。

よくわからない変人。

それが天童の第一印象だった。

話を終えた昌磨は、目の前のお茶を啜る。先ほど、派手な格好をしている女の子が出してくれたお茶だ。

彼女はバイトで、ここの事務をしているらしい。今は受付の椅子に座りながらスマホで動画を見ている。主が主ならバイトもバイトである。

天童は綿の薄いソファーに座り直しながら、正面に座る昌磨にぐっと身を寄せた。

「で、君はいくらぐらいなら出せるんだい？」

「はい？」

思わず、聞き返してしまう。

彼は右手の人差し指と親指で丸を作った。お金のサインだ。

「何驚いてるんだい？　あぁ、もしかして看板に書いてあった『相談無料』って文字を真に受けてきたの？　もちろん相談は無料だよ。だから今相談を聞いたじゃないか。でも、君の悩みに答えるには別途料金がかかるんだ」

「えっと……」

「で、いくらぐらいなら出せるんだい？」

「いくらぐらいならって……」

昌磨は身を引いた。

いきなりそれはド直球すぎるだろう。

先ほどバイトを失い、学費の工面をどうしようかと悩んでいる昌磨に、こんなところで使える自由な金はなかった。確実に原因が解消されるのならいざ知らず、今の段階で誰が『〇〇万円ぐらいなら――』なんて言うのだろうか。

少なくとも昌磨はまだそこまで彼のことを信用できなかった。

昌磨はソファーから立ち上がる。

「……帰ります」

「それは残念」

引き留めることもなく、天童は肩をすくませた。

「さすがに、ちょっと怪しすぎるので……」

「確かにね、俺もそれには同感だ。この建物って見るからに怪しいよね。中はそれなりに綺麗だけど、外見は廃ビルって感じだし、ツタも這ってるし……」

天童はからからと笑う。

さすがの昌磨も、ビル云々よりも目の前にいる人物が一番怪しいです、とは言えなかった。

「でも、そんな怪しい探偵事務所の室内を見渡してごらん。……君の言う『幻』は見えるかな？」

そう聞かれて、はっとした。

この事務所の中で、昌磨はあの幻たちを一匹たりとも見ていなかった。いつもなら室内だろうと何だろうと、関係なくうじゃうじゃ現れてくるのに……。

「ここにはね。ああいうものはあんまり近寄らないんだ」

「ああいうもの？」

「君が幻だと思っている存在。アレは俺たち、専門家が言うところの『怪異』というやつだよ」

その瞬間、天童の雰囲気ががらりと変わる。先ほどまでは『よくわからない変人』といった雰囲気を漂わせていたのに、今は鋭さが感じられた。

同じ『あやしい』でも、『怪しい』というより『妖しい』である。

「怪異にも、それぞれ住み心地がいいところと悪いところがあるからね。怪異たちからしたら、この付近はあんまり立ち入りたくないところなんだろう」

昌磨はソファーに座り直した。

「怪異ってなんですか？」

「おや。話を聞く気になったのかな？　でも、ここからは別途料金が……」

天童はそこで言葉を切ると、昌磨に意味ありげな視線を向けた。そして短い沈黙の後、唇を引き上げるだけの笑みを見せる。

「――って言おうと思ったけど、今日は特別。それぐらいの質問には答えてあげよう。もちろん無料《タダ》で」

手を組み、身を乗り出す天童に、昌磨は耳を傾けた。

「怪異というのは現象であり名称。超自然的なものすべてを指す言葉だ。君に見えているのはその中でも名称の方。別名『化け物』や『物の怪』、『あやかし』なんて呼ばれる類のものだよ」

「あやかし？」

「そう。基本的に怪異は普段人に見えないものなんだ。人に見て貰おうとしているときは濃度を濃くしている。けど、君は本来人が見えるはずのない濃度のときまで見えているんだ。そして、そういう人間は往々にして怪異に好かれやすい」

「好かれやすい？」

「そう。だから怪異は君にちょっかいばかりかけてくるんだよ」

天童は足を組みかえた。

昌磨は雰囲気に飲まれそうになりながらも、口を開く。

「えっと、それじゃあ。どうして、急にそれらが見えるようになったのかはわかりますか？　一ヶ月前からの話なんですけど……」

「んー。おそらく君はとても根本的なところを勘違いしていると思うんだけど、君のソレは体質だよ？　見えるようになったのではなくて、もともと見えていたんだ。見えなかったこれまでが異常な状態」

「へ？」

「だから、君のそれは体質だ。元より生まれ持ったもの」

天童はその長い指で昌磨を指し、ぐるりと円を描いた。

一瞬、何を言われているのかわからなくて昌磨は固まってしまう。しかし、すぐに我に返り、首を振った。

「い、いやいやいやいや!!　俺、これまで何もなかったですよ！　霊感とかもないですし！　そういう怪異？　みたいなものも、見えたことないですし！」

「怪異が見えるのと、霊感があるのとはちょっと性質が違うんだよ。そもそも後天的に怪異が見えるようになるなんてことは殆《ほとん》どないんだ。見えていたものが見えなくなることは、ままあることだけれど。……ま、この辺の講義は後でもいいか」

天童はローテーブルに置いてある卓上カレンダーを手に取った。

「君は先月から変なものが見えるようになったって言っていたけれど、具体的にどれくらい前から見るようになったんだい？」

「えっと。四月の、はじめてです」

昌磨は差し出されたカレンダーの十五日辺りを曖昧になぞった。

「そのあたりで、何か変わったこととかなかった？」

「……特には」

それは昌磨も何度か考えたことがある。けれど、いくら考えてもきっかけなんてものはなくて、ある日突然世界の方が変わったとしか言いようがなかった。

「本当に心当たりはない？」

「ないですよ」

「んーじゃあ、少し調べてみようか」

そう言うやいなや、天童は両手を昌磨の脇腹に差し込んできた。そして、思いっきり昌磨の腹部をくすぐりだす。

「ちょ、なにす……ははっ！　や、やめっ！　ふふははっ！」

昌磨は抵抗をするが、天童の力は思いのほか強く、振り払えない。

「ははは っ!!　まじ、で！　やめっははははっ！」

昌磨の目に涙が溜まったところで、天童はようやく脇腹から手を抜いた。どこからどう見ても調べている感じではなかったはずなのに、彼の手には何か握られている。

「ちゃんとあるじゃないか。心当たり」

「へ？」

それは、昌磨がいつも首から下げているお守りだった。幼い頃に祖母から貰い、肌身離さずつけておくようにとキツく言われていたものだ。

昌磨は今日も祖母の言いつけに従い、それを首からぶら下げていた。

「底が破れてるね」

天童の言う通り、お守りの底には裂けたような穴が開いていた。中に入っていたはずのご神体は厚紙だけを残して綺麗さっぱり消えてしまっている。きっとどこかに落としてしまったのだろう。

「気がつかなかった……」

「ま、長年身につけていたのなら仕方がない。経年劣化というやつだ」

天童は袋だけになったお守りを昌磨に返した。

「これが君の体質を隠していたんだ」

「でもどうして……」

「これをくれた人は、君にはよくないものが見えているって気づいていたんだろう。だから専門家を呼んで、このお守りを作ってもらい、君に渡した」

話の通りだと、お守りを貰う前の昌磨には怪異が見えていたということになる。しかし、そんな記憶など全くなかった。

祖母にそのお守りを貰ったのが、両親が死ぬ少し前なので、もしかしたら忘れているだけなのかもしれないが、あんな強烈な怪異たちを忘れるだなんて本当にあるのだろうか。

昌磨が呆けていると、天童が窓の外を見ながら「おお」と声を上げる。その何か見つけたような声に、昌磨も思考を中断させて、顔を上げた。

「何かあったんですか？」

昌磨も窓の側に寄り、外を見た。

外はもう、夜の帳が落ちている。その暗闇の中に何やら蠢く影があった。

昌磨はその影に目をこらし……そして、絶句した。

「ちょ、ちょっと待ってください。……ナニアレ」

ビルを取り囲むように何かがいた。

それは数時間前まで昌磨が幻と呼んでいたものだった。

今の呼び名は『怪異』である。

集まっている怪異は小石のような小さなものから、家のような大きなものまで、大きさも形も様々だった。

彼らは事務所のあるビルから十数メートルの距離を置き、集まっていた。というか、群がっていた。

「君のことが大好きな怪異たちだ。すごいな。出待ちみたいだ」

楽しそうに天童はそう言う。

昌磨の顔からは血の気が引いた。

「どうしよう。少しも嬉しくない……」

「モテる男はつらいね」

「違うものにモテたい人生だった」

蹲《うずくま》り、頭を抱える。あれだけの数の怪異に飛び込んでいく自分を想像して、ちょっと吐き気がした。

「でも、なんであれだけの数……」

昌磨が窓から見下ろした怪異の数は途方もないものだった。

今までバイトで深夜に帰ることもあったが、ここまで集まることはなかった。集まってきても、夜は昼間に比べて多少多い程度ぐらいだ。

「タイミングがいいのか悪いのか。たった今、お守りの効力が完全に切れたんだろうね。袋だけでも多少はがんばっていたんだろう」

天童は昌磨の疑問にいとも簡単に答えた。

ここまで来ると、彼のことを信用しないわけにはいかなくなってくる。

床に膝をついたまま、昌磨は天童を見上げた。

「天童さんなら、このお守りを作り直すことができるんですか？」

「一時間ほど待ってもらえるのならできるよ。……もちろん有料だけど」

「……いくらぐらい必要なんですか？」

天童は指を三本立てた。

（三千円？　いや、三万円か。お守り一つにぼったくりすぎだろう）

昌磨がげんなりとした顔を浮かべたそのとき、とんでもない数字が耳に飛び込んでくる。

「三百万円」

「は⁉」

「さんびゃくまんえん」

ゆっくりと、子供に言い聞かせるようにもう一度言う。

昌磨は唖然とした。十分の一である三十万円でも出せるかどうか怪しいのに、三百万円とか洒落にならない。

（あんな小さなお守り一つに三百万円って。しかもこの人、一時間で直せるって言ったのに。時給三百万円⁉）

「払えないなら無理強いはしないよ。あの怪異の海を帰れるのなら帰ればいい」

天童の笑みは一切崩れない。

足下を見るにしてもこれはないだろう。

昌磨は震える声を出した。

「大変申し訳ないんですが、そんな大金は持っておらず……」

「トイチでいいなら貸してあげようか」

（鬼だ、この人……）

頬を引きつらせていると、天童が不思議そうに首をひねった。

「本当にお金持ってないの？」

「……はい」

「えー」

『えー』はこっちの台詞だ！

そう叫びたい気持ちをぐっと我慢する。

「んー。それなら、仕方ないか」

天童は少し考えた後、昌磨の腕を持ち彼を立たせた。その顔にはやはり、うさんくさい笑みが張り付いている。

「そういえば、聞いてなかったね。君、名前は？」

「……花島昌磨です」

「そう。じゃ、昌磨。君をスカウトしよう」

◆◇◆

「一時間どころか三十分もかかってないんじゃないか」

借りているマンションの部屋で、昌磨はベッドに仰向けに寝転がっていた。手には祖母から貰ったお守り。裂けていた底は雑にだが、縫われている。

昌磨は天童にお守りを修復してもらっていた。しかし、三百万円を支払ったわけではない。支払う代わりに、あるよくわからない契約をしたのだ。

　昌磨は数時間前の天童との会話を思い出していた。


『俺はね。怪異を集めているんだ』

『怪異を？』

『そう。ああいう名もない、膨れた噂のような怪異ではなく。名があり、きちんとした意思のある怪異を集めている』

　天童は本棚から一冊の和綴じ本を取り出す。表紙に若葉色の厚手の和紙が使われてある、古い本だった。

『この本にはね、怪異の逸話を元にした物語が書かれている。そして、俺はこれに怪異を収集しているんだ』

『本に？』

　天童は頷き、ページをパラパラと繰った。

『怪異は、語られなければ弱っていき、認識されなければ消えてしまうような危うい存在だ。現《うつつ》と夢と幻の間を常に行き来しているような不完全なモノ。人の認識や信仰が彼らの糧だ。だから、彼らが人を襲ったり、脅かしたり、助けたりするのは、もはや生存本能といってもいい』

話についていこうと昌磨は頭をフル回転させる。

そんな彼の様子に気がついているのか、天童はゆっくりと理解を促すようなスピードで語ってくれた。

『俺の師は怪異と人間の間を行き来しているような人でね。いつも、怪異と人が共にあれるような日々をと願っていた。けれど、怪異は人を襲う。人は怪異を恐れる。怪異に人を襲うなというのは無理な相談だし、人に怪異を恐れるなというのも無理な話だ。だから、彼はこの本を作ったんだ』

『その本は？』

『この本を俺は「収集録」と呼んでいる。これも大きく分けると怪異の分類だよ。これはあらゆるところに複製を作る力があり、その複製は姿形を変えていろんなところに現れる』

『複製……』

『図書館や古本屋、たまに道ばたなんかにも落ちているよ。ネットの世界にもホームページや掲示板、ＳＮＳのつぶやきといった形で現れて、いつの間にか消えてしまう。不意に世間で起こる怪異の話はこの収集録が発端なことが多いんだ』

なれない怪異の話に昌磨は首をひねった。

『えっと、その本が複製を作ったらどうにかなるんですか？　噂が広まるだけ？』

『さっき、怪異の糧は人の認識や信仰だと言っただろう？　この本の中で語られている限り、怪異は人から忘れられない。つまり、消えないんだ。俺の師は、怪異に適切な住処を用意し、消えないように、人を襲わなくてもいいように保護したんだ』

その表情は何かを思い出しているように見える。

『けれど数年前、本の中にいた怪異がすべて逃げ出してしまった。だから俺は師に代わり、怪異を集めているというわけだ』

昌磨は「はぁ」と気の抜けた返事をした。それが自分とどう関係あるのかわからない。

『それで、君にはその怪異集めを手伝ってもらいたい』

『へ⁉』

さすがに頬が引きつった。

しかし、そんな昌磨の反応も想定済みだったらしく、天童の表情は崩れない。

『俺は君とは真逆でね。怪異からは嫌われてしまう性質の持ち主なんだ。だから、怪異が寄りつかなくて、集めるのにも苦労をしている。こんな事務所でもやってないと怪異に関連した話になんて出会えなくてね』

だからこのビルの周りに怪異が集まらないのだと、彼は言っていた。

『手伝ってくれた割合によって俺からお金を支払うよ。君はそこから三百万円を返してくれたらいい。もちろん、渡したお金は生活に使ってもいいし、手伝っている間は無利子だ。どうだい？　バイトみたいなものだと思ってくれればいいんだけれど』

『……話はわかりましたけど、俺なんかで役に立つんですか？　怪異なんて存在、今日初めて知ったばかりだし……』

『もちろん、役に立つとも。それは追々《おいおい》説明するよ』

そう言うと天童は収集録を戻し、今度は事務所の奥の棚から、小さな木箱を取り出した。そこに入っていたのは使い古された裁縫道具。

彼は昌磨に向かって手を差し出した。お守りを直してやるということだろう。

昌磨はおとなしくお守りをその手に置いた。

『とりあえず、身の回りで起こっている不思議な出来事の話でも集めてきてくれたらいい』

『不思議な出来事？』

『なんでもいい。昌磨が不思議だと思えばそれが基準だ』

天童は裁縫道具の中から針と糸を取りだす。

『それじゃ、よろしくね』

彼はやっぱり、うさんくさい笑みを浮かべていた。

「不思議な出来事ねぇ……」

昌磨は天井に向かってそう、ひとりごちる。

不思議な出来事だなんて、そんなに簡単に出会えるのだろうか。しかも、怪異が絡んでいそうな『不思議な出来事』である。

「でも、やるしかないんだよな」

もうお守りは受け取ったのだ。今更、引き返せない。

返せと言われても、返せない。

修復してもらったお守りの効果は身をもって実感していた。

まず、怪異たちがほとんど現れなくなったのだ。しかし、見えないようになったわけではなく、むやみやたらと寄ってこなくなったという感じだった。

廃ビルから帰るときもそうだが、数十メートル先にはやはり怪異が見えた。しかし、彼らは昌磨に気づくことなく通りすぎていくのだ。以前ならば、突撃してきた事案である。

なので、こうやって部屋でゴロゴロしていても、何ものかに耳元で囁かれることもないし、上に乗られることもない。

一人っきりで部屋にいるというのは、本当に久々だった。

「とりあえず、明日学校でいろいろ聞いてみるか……」

お調子者で誰とでも仲良くなる大和ならば、誰かから何か聞いているかもしれない。

喜宏もああ見えて、かなりの情報通だ。

あくびが出る。

昼間あんなに寝たはずなのに、また眠気がやってきていた。

この一ヶ月ほど身体にも相当無理をさせていたということだろう。

目を閉じると、すぐに睡魔が襲ってきた。

◆◇◆

「昌磨、聞いたか⁉」

血相を変えた大和がそう言いながら駆け寄ってきたのは、その翌日のことだった。

「何を？」と首をひねる昌磨の首に腕を回し、大和は教室の隅で声を潜めた。

「朋美《とも み》ちゃん。昨日、噂の通り魔に襲われたらしいぞ」

「通り魔⁉」

「しっ！　声がでかいって‼」

大和が口元に指を立てる。

朋美というのは昌磨たちと同じ学科に通う女子学生だ。

見た目は白いワンピースが似合いそうな清楚系で、胸元辺りまで伸ばした黒髪が特徴の綺麗な子だった。『やまとなでしこ』という言葉がぴったりと合い、一部の男性から圧倒的な支持を得る、いわゆるモテる側の女の子である。

昌磨も大和にならうように声を潜める。

「噂の通り魔ってなんだよ。俺、初耳なんだけど」

「は？　昨日も話したろ？」

「……覚えてない」

「お前、ボケるにはまだ早いぞー！」

大和が呆れたような声を出した瞬間、ぱこん、という間の抜けた音と共に、彼の頭が下がった。その下がった頭の先には喜宏がいる。

彼の手には丸められたテキストがあった。

「その話をしてたとき、昌磨は寝てただろうが」

大和は頭をさすりながら振り返った。

「あれ？　そうだっけ？」

「そうだ。んで、お前が殴って起こしたんだろ？」

何かを思い出したのか、大和は天井を見上げながら「あー……」と零した。

「ったく、ボケてんのはお前だろ」

「あはは……」

「あー、あのとき……」

　昌磨は、昨日大和に起こされたときのことを思い出していた。

『――ってことで、お前も気をつけろよ！』

　起こされる直前、まどろむ意識の中でそんな言葉を聞いた気がする。あの『気をつけろ』は通り魔のことを指していたのだと、今更ながらに気がついた。

「うちの大学から駅前。あと、六甲本通《ろっこうほんどおり》商店街付近で出るらしいぞ。男も女も関係なく襲ってくるって噂だ」

「鷲頭《わしず》さん、大丈夫だったのか？」

　鷲頭というのは朋美の名字だ。

　質問を向けられた喜宏は軽い感じで頷いた。

「あぁ、多分な。今日も大学来てるよ」

「へ？　昨日通り魔に襲われたのに？」

「まぁ、刺されたってわけじゃないみたいだからな。でも、今日はやっぱり元気ないみたいだぞ。さっきそこで女子が話をしてた」

　喜宏が親指で背後を指す。そこには女子学生が数人集まって何やらひそひそと話をしていた。時折「こわーい」やら「やばいね」なんて言葉が聞こえてくる。

昌磨は視線を二人に戻した。

「さっき、刺されたわけじゃないって言ってたけど、それなら通り魔に何をされたんだ？」

その質問に答えたのは大和だった。

「その通り魔は、首を絞めるんだよ」

「首を？」

喜宏が引き継ぐ。

「背後から近寄って首を絞めたり、口元を覆ったり。とりあえず、相手が気を失うのを見て楽しむタイプらしい」

「うわ……」

なんとも悪趣味な嗜好の持ち主だ。

二人の話によると、犯行はいつも夕方の十八時から二十時の間に行われるとのことだった。

朋美のほかにも被害に遭った生徒はいるらしい。

「物騒だな」

今は死人が出ていないとはいえ、このままではいつか出てしまうかもしれない。

「ほんと警察なんとかしてくれって話だよなー」

「そんなに被害件数が多いなら、証拠も証言もたくさんあるだろうし、捕まえられそうなものだけどな」

　大和の言葉に賛同するように昌磨がそう言えば、喜宏が難しい顔で腕を組んだ。

「警察にも捕まえられない理由があるんだよ」

「理由？」

「被害者から聞いた犯人像が曖昧で、なかなかつかめないんだ。ある被害者は『犯人は男だ』って言うし、またある被害者は『犯人は女だ』って言うし。これじゃ警察だって犯人を絞り込めないっての！」

　少し腹立たしげに喜宏は鼻息を荒くした。

　彼の父親は警察官だ。だから警察のふがいなさを指摘すると、自分の父親を侮辱されたような気がするらしく、少し強く反応してしまう。

　しかし、それ故にこういったことには情報通になるのだ。

「誰も犯人の顔をまともに見てないんだろ？　見たとしても後ろ姿だけとか。背後から襲ったにしても不思議だよなー。被害者に男もいるのにさ」

「男の場合は顔をまるごと何かで覆って窒息させているみたいだぞ。顔を見られないようにする犯人の工夫なんじゃないかってもっぱらの噂だ」

「何それ。怖っ！」

喜宏の言葉に大和はぶるりと震えた。

「二人も気をつけろよ。襲われた女性の方には多少共通の特徴があるみたいだけど、男性の方には特徴も何もないらしいからな」

「特徴？」

「女性の被害者は黒髪美人系が多いみたいだぞ。特に長い髪の子の方が狙われるとか。ほら、鷲頭さんもそうだろ？　ま、普通に染めている子も狙われているから、一概には言えないけどな」

「不思議な犯人だよなー」

「まぁな。普通は多少でも襲う人間選ぶもんだけどなー。男は抵抗されるから襲わないとか、そういうの」

喜宏は深くため息をつく。

（不思議、か……）

被害者の証言がバラバラなのも、犯人の顔を誰もまともに見ていないのも、犯人が男女問わず襲う人間を選ばないのも、どこにでもある話と言われれば、どこにでもある話だ。

しかし、不思議と言えば、不思議である。

『なんでもいい。昌磨が不思議だと思えばそれが基準だ』

先日聞いた天童の声が蘇る。

（ほかに当てもないし、少しだけ調べてみるか）

そう思い立ったと同時に、予鈴が鳴り響いた。

◆◇◆

昌磨は手始めに、襲われた人間に話を聞くことにした。

調べてみると、大学にも被害者は結構いるようだったのだが、みんなそのときのことは話したくないようで、なかなか協力してもらえなかった。

なので、話が聞けたのはたったの四人だけだった。

①　胡蝶直樹《こちょうなおき》　三年生・女好き

「俺を襲ったやつだろ？　多分、元カノだよ。アイツ本当にしつこいんだわ！　浮気ぐらい許せってなぁ？　ん、凶器？　なんか布みたいなものだったのは覚えているぞ。二週間も前の話だから時間帯はわからねぇなぁ。気絶する直前、なんか鳴ってた気がするけど。場所は六甲本通商店街近くの公園だよ」

② 日笠美保《ひかさみほ》　二年生・黒髪美人
「襲われたのは先週の水曜日です。駅前の路地を入ったときにタオルみたいな布で首を絞められました。時間帯ですか？　詳しくはわかりませんが、もう星が出ていたのでそれなりの時間帯だったと……」

③ 猪又義隆《いのまたよしたか》　四年生・テニスサークル部長
「襲ってきたやつ？　男だったと思うぞ。結構な勢いで顔に布を被せられたからな。アレは女じゃ無理だわ。先々週の話だ。ゴールデンウィークの後半に入る前の話だ。時間帯は十八時すぎくらいかな。ちょうど帰りに安くなった惣菜をスーパーに買いに行ったときだったから……」

④ 鹿山奈津子《かやまなつこ》　一年生・原宿系
「いきなり鼻と口が塞がっちゃったから、もう苦しくて。何日かはちょっとトラウマでした。場所は商店街近くの六甲風《かぜ》の郷《さと》公園です。ちょうど、十八時を知らせる鐘が鳴っていました」

昌磨は校庭に設置されたベンチに座り、先ほど聞いた内容をノートにまとめていく。

聞けば聞くほど事件の詳細ははっきりとしない。

「共通点が凶器ぐらいしかない……」

しかも、男は顔を覆って窒息させるという話だったが、女性でも顔を覆って窒息させられている人もいるようだった。

昌磨はペンの尻で頭を掻いた。

「これじゃ、天童さんに持っていっても、なんの役にも立たないって突き返されそうな気がするな……」

「それは見せてみないとわからないんじゃないかな」

「そうかなぁ」

「何事も物は試しだと思うけど」

「いやでも、調べれば調べるほど不思議な事件ってわけじゃないし——って！　なんでこんなところにいるんですか⁉　天童さん！」

気がつけば、隣に天童がいた。彼はひらひらと昌磨に向かって手を振っている。

「いや、このまま一生気づいてもらえないんじゃないかと思ってハラハラしたよ」

「全く気がつきませんでしたよ！　というか、気配の消し方上手すぎでしょう！　忍者か何かですか⁉」

「そんなに褒められると照れちゃうなー」

「褒めてませんからね！」

天童はニコニコと楽しそうだ。

高校などとは違い、大学は学生以外の人も入れるようになっている。図書室などの施設を開放しているためだ。

だから、外部の人間である天童が大学にいてもなんら不思議はないのだが、気になるのはその理由だった。

「なんで、来たんですか？」

「ちゃんと昌磨が働いてるかなって気になったからかな。お守り、直すだけ直して逃げられたら嫌だろう？」

「……そんなことしませんよ」

どんだけ信用がないんだとがっくりする。

天童には昌磨が三百万円の借金を踏み倒すように見えるのだろうか。

彼が望むような不思議な話とやらを見つけられるかどうかはわからないが、少なくともお守りだけ持って逃げるような真似をするつもりはなかった。

「で、何をしているのかな？」

首をひねる天童に、昌磨は今朝聞いたばかりの通り魔の話をする。

彼は合点がいったとばかりに、頷いた。

「それで、そのメモってわけだ」

「はい。でも、調べれば調べるほどわけがわからなくて。しかも不思議な話ってわけじゃないので、怪異に関係あるかどうかわかりませんし」

「ふーん」

天童は昌磨の手からノートを引き抜くと、それをじっくり眺めた。

被害者の性別や年齢、襲われた場所、時間帯、犯人像。

昌磨のメモはとてもわかりやすくまとめられていた。

「これで終わり？」

「もう一人だけ聞きに行こうかと思っていましたけど……」

「それじゃ、行こうか」

天童は立ち上がる。

それを見て、昌磨も慌てて立ち上がった。

「行くってどこに⁉」

「決まってるだろう。その被害者のところに、だよ」

最後に訪ねたのは鷲頭朋美のところだった。彼女は大学の談話室で昌磨を出むかえる。

昨日の今日なので断られるかと思ったが、意外にも彼女は協力的だった。

その理由は――。

「なんか、大和くんが『昌磨が通り魔を捕まえようとしているみたいだから協力してやってくれ』って」

「アイツ……」

思わず眉間を押さえた。頭が痛くなってくる。

昌磨は交友関係が広い大和に、大学にいる通り魔の被害者の情報を聞いただけだ。どうやらその際、『なんでそんなこと聞くんだ?』と聞いてきた彼に『ちょっと話を聞きたくて……』と答えたのがいけなかったらしい。

彼女が言うには、大和は『昌磨が通り魔を捕まえようとしている!』と周りに触れ回っているようだった。

(捕まえるだなんて、俺は一言も言ってないぞ……)

朋美は昌磨の隣に腰掛ける天童に視線を移した。

「あの、昌磨くん。この人は……」

「えっと」

「昌磨の知り合いで探偵を生業としている者です。彼に頼まれて通り魔の件を調べていまして」

人のよさそうな笑みを浮かべながら、彼は名刺を朋美に差し出した。

本当のことを言えば、頼んでいるのは天童だし、頼まれているのは昌磨だが、今それを説明するとややこしくなるので黙っておく。

朋美は天童のことを少し不審に思いながらも、とりあえずは受け入れたようだった。

「それでは話を聞かせてもらえますか？」

「はい。——と言っても、あまり覚えてないんですが……」

昨日のことを思い出したのだろう。朋美の顔がにわかに青白くなる。

「夕方、商店街近くにあるスーパーに食材を買いに行って、その帰り道のことでした。近道に人気《ひとけ》のない脇道を通ったんです。そしたら後ろからいきなり布のようなもので顔を覆われて……」

朋美は口元を押さえた。

「苦しくて、だんだん気が遠のいて——気がついたら道に倒れていました。それで、急いで家に帰って警察に連絡したんです」

「犯人は？」

「見ていません。いきなりだったので……」

「盗られたものや、着衣に乱れは？」

「……ありませんでした」

朋美はぎゅっと胸元を掴んだ。

「ほかに気になったことはありませんでしたか？」

首を振る。よほど怖かったのか、彼女の握った拳は白んでいた。身体も小刻みに震えてしまっている。

その表情と様子に申し訳ない気持ちが湧き起こる。

事情があるとはいえ、傷口に塩を塗り込むようなことをしているのかもしれないと、自責の念に駆られた。

それから二、三個追加で質問をして、天童は朋美を解放した。

昌磨は去っていく朋美に声をかける。

「鷲頭さん！」

振り返った彼女に駆け寄り、頭を下げた。

「本当にごめん！　嫌なこと思い出させちゃったよね」

「ううん。大丈夫、気にしないで。協力できてよかった」

気丈にもそう言って、彼女は微笑んだ。

「それよりも通り魔のこと、無理しないでね。男の人も襲われているっていうから……」

「うん。鷲頭さんも、夜道に気をつけてね」

昌磨の気遣いに朋美は頷く。そして、苦笑いを浮かべた。

「いつも月水金は家庭教師のバイトを入れていたんだけど、今回のことがあって、今日でやめることにしたんだ。どうしても夜遅くなっちゃうから。しばらくは夜の外出も控えるつもり」

「そっか」

それなら朋美はひとまずは安心だと、昌磨は胸をなで下ろした。

明らかにほっとした様子の昌磨を見て、朋美はクスクスと笑い出す。

「昌磨くんって噂通りの優しい人なんだね。あんまり話したことがない私のことまで本気で心配してくれるし」

「あはは……。いつだって、優しい人止まりだけどね」

「酷い人よりはいいんじゃない？」

「そうかな？」

「そうだよ」

たった数分のやりとりだったが、朋美の顔に血色が戻ってくる。

彼女は踵を返した。

振り返った顔には先ほどとは少し違う、親しみの笑みが滲んでいる。

「それじゃ、また明日」

「うん。また明日」

互いに手を振り合う。

昌磨は朋美の背が消えるまで、その場で彼女を見送った。

(噂通りに可愛い子だったなぁ。いい子だったし……)

怖い思いをしたのに、昌磨に対しても気遣いを忘れない朋美の優しさに胸が熱くなる。

彼女が人気者である所以《ゆえん》を、昌磨は知った気がした。

「可愛い子だね。彼女？　それとも、狙ってる子？」

「わあっ！」

物思いにふけっている昌磨を邪魔するように、隣から声がした。昌磨が驚いて飛び上がると、声を発した人物は彼の反応を見て楽しそうに笑う。

「天童さん、そういうのやめてくださいって！」

「なんで？　邪魔はしなかっただろう？」

「そういう問題じゃないんです！」

茶化されたような気がして、昌磨の口がへの字に曲がった。

飄々とした天童は一体全体何を考えているのかわからない。

「ま。でもこれで、必要な情報が集まったね」

天童は昌磨のノートに朋美の情報を書き込み、パタンと閉じる。

昌磨は首をひねった。

「情報が集まった？」

「うん、もう十分にね。……それじゃ昌磨。今日の十七時に事務所で待ち合わせだ」

「は？」

「二人で、鷲頭さんを脅かした犯人を捕まえるとしようじゃないか」

そう言う彼にはやはり、うさんくさい笑みが浮かんでいた。

◆◇◆

「この事件にかかわっているのは『衾《ふすま》』という怪異だ」

事務所に着くやいなや、天童は昌磨にそう説明を始めた。

「衾？」

「衾っていうのは、空を飛んできて人の目や口を覆う怪異のことだよ。もともとは布団が普及する前に使われていた、身体にかけて使う寝具を指す言葉なんだけれどね」

「なんか、一反木綿と同じようなやつなんですね。あれも確か布みたいな姿で人間を窒息させるとかじゃなかったですか？」

「よく知ってるね」

天童は感嘆の声を上げる。

「小さい頃、アニメで見ていました。アニメでは主人公と一緒に戦う、正義の味方みたいな感じで出てきていましたけどね。上に乗って移動したり、ぐるぐる巻きにして相手を捕まえてみたり……」

眼球のおじさん妖怪が出てくる、あの有名な某国民的アニメのことである。

褒められはしたが、昌磨は怪異においてこれぐらいの知識しかもっていなかった。衾という怪異も天童に聞かされて初めて知ったぐらいだ。

「衾というのは、その一反木綿の親戚みたいな怪異だ。地方によっては野衾《のぶすま》や飛倉《とびくら》なんて言い方もする」

「結構怖い怪異なんですか？」

「どうだろう。実際に被害は出ているわけだし、安全な怪異ってわけではないかな。ただ、俺が知っている衾は、こんな頻繁に人を襲う怪異ではなかったはずだよ」

天童は例の収集録を取り出す。

アレに怪異を集めると彼は言っていたが、どうやって集めるのかはまだ聞いてはいなかった。本当に素人の昌磨に何か手伝えるのだろうか。

「それで、俺は何をしたらいいんですか？」

「そんなの、決まっているじゃないか」

天童はにっこりといい笑みを浮かべる。

「囮《おとり》だよ」

「囮かよ」

昌磨は以前、胡蝶が襲われたという商店街近くの公園にいた。

天童の話によると、衾はどうやらこの辺りを根城にしている可能性が高いらしい。

四人中二人が商店街近くの公園で襲われたと証言しているのに加え、朋美も商店街近くのスーパーで買い物をした帰りに襲われたと言っていたからだ。おそらく猪又の言っていたスーパーも、朋美と同じところを指していると思われた。

スマホの画面に映ったデジタル時計は十七時五十五分。

天童曰く、怪異は黄昏時と呼ばれる日没前後の時間帯を好むらしく、五月中旬の今は十八時から十九時までの一時間が最もよく現れる時間帯とのことだった。

猪又や鹿山の証言とも、それは一致する。胡蝶も『気絶する直前に何か鳴っていた』と証言していた。あれはきっと、公園の時計台が十八時を告げた音だったのだろう。

公園でポツンと待っていると、急に昌磨のスマホが震えた。着信だ。

見れば、知らない番号が表示されている。

しかし、このタイミングでかけてくる人物に、昌磨は一人しか心当たりがなかった。

『俺がいたら衾が現れないかもしれないから、遠くで見守っているね。じゃ、頑張って』

そう言って意気揚々と去っていったあの人しかいない。

昌磨が電話に出ると、案の定、天童の楽しそうな声が耳朶《じだ》を打った。

『昌磨、衾は出た？』

「まだですけど。……なんで俺の番号知ってるんですか？　天童さんに番号教えた覚えないんですけど」

『大丈夫、安心して。俺も教えてもらった覚えはないから』

「……いつ鞄、漁ったんですか？」

『漁ったなんて人聞きが悪いな。鞄の中にスマホが落ちていたから、ちょっとロックを外して中身を確かめただけだよ』

「鞄の中に入っているのを、『落ちていた』とは言わないんですよ！」

天童は電話口でからからと笑う。何がおかしいんだ。

その時、十八時を告げる鐘が鳴った。といっても、実際に鐘があってそれが鳴るわけではなく、スピーカーから鐘のような音が流れるだけだ。

昌磨は電話口の天童に声をかける。

「十八時になりましたけど」

『うーん。十八時ごろだって証言している二人が襲われたのが二週間ほど前だからね。今の日没時刻は十九時前だし、もう少し待つ必要があるかも』

「そうですか」

襲われるのを待つというのも変な感覚だった。

なんだかそわそわと落ち着かない。

『安心して。今の昌磨なら絶対に襲われるから』

「それでどう安心しろと？」

昌磨は天童の指示でお守りを外していた。なので、以前のように頭や肩に小さな怪異が乗っている。いくら振り落としても乗っかってくるので、もう諦めて乗っけたままにしているのが現状だ。

ビルで見たときのようにわらわらと集まってこないのは、お守りを付けていたときの残り香のようなものが昌磨に残っているからだと天童は言っていた。

（俺は〝餌〟なんだよな……）

天童は自分を『怪異から嫌われてしまう性質の持ち主』だと言っていた。けれど、それでも怪異を集めてきたというようなことも言っていた。ということは、彼は怪異を目の前にすれば、一人でなんとかするだけの実力はあるのだろう。

つまり、彼が昌磨に求めていたのは怪異をおびきよせる餌役だったのである。

天童からの電話を切って数分後、それは突然やってきた。

急に視界が真っ暗になったかと思うと、いきなり顔面に何かが張り付いた。それは容赦なく口と鼻を覆う。

「うぐっ!!」

ぴったりと張り付かれ、昌磨は慌てた。

(これはやばい)

なんとか剥がそうと藻掻《もが》くが、ちっとも剥がれる気配がない。それどころか、相手は頭をぎゅっと包み込んでくる。爪をいくら立てようがびくともしなかった。

(たかが布だろ――)

昌磨はあらかじめ持っていたカッターナイフをポケットから取り出す。顔に刃を立てるのは抵抗があったが、このまま窒息するよりはマシだと思い、割くように刃を立てた。

しかし、無残にもカッターナイフの刃は折れてしまう。まるで鉄にカッターナイフを突き立てたような感触だった。

(くっそ……)

呼吸ができない。意識がだんだん遠のいていく。

もうダメだと膝をついたとき、顔面を覆う布が甲高い鳴き声を発した。

「きゅぅうぅぅ!!」

小動物のような鳴き声と共に、目の前が裂ける。

開けた視界の先にいたのは天童だった。

「やっぱり引っかかってくれたね」

「おそ、い、ですよ」

咳き込みながら文句を言う。

呼吸を止められて初めて、空気がこんなに美味しいことを知った。

天童は昌磨の隣に並ぶと、彼に気遣わしげな視線を送る。

「大丈夫?」

「だいじょうぶじゃ、ないです」

やっとのことで呼吸を整え、昌磨は天童を見上げた。そして、彼の隣に立つ人型のモノを見つけ、目を見開く。

「なっ――」

そこにいたのは着物を着た女性だった。しかし、身長は天童や昌磨よりも頭一つ分高く、手足も長い。彼女の顔には目も鼻もなく、耳まで裂けたような大きな口があるだけだった。その口には赤い紅が引かれ、歯は真っ黒に染め上がっている。

昌磨は後ずさった。

「の、のっぺらぼう⁉」

「残念。彼女は『お歯黒べったり』っていう怪異だよ。ほら、のっぺらぼうとは違って口はあるだろう？」

驚いた昌磨が面白かったのか、ケタケタとお歯黒べったりは笑った。そして、口の端を上げるようにして昌磨に顔を向ける。

『こんにちは』

女性の声だった。鼻がないからか少し籠もってはいるけれど、声だけ聞けば普通である。

昌磨は頭を下げた。

「えっと、……こんにちは」

「怯えなくても大丈夫だよ。彼女は俺が呼び出したものだし、怪異としての性質も人を驚かすだけの無害なものだから」

「それは無害？」

「呪い殺したり、怪我させたりする怪異より、十分無害だろう？」

「……確かに」

少なくとも、先ほど襲ってきた衾よりは無害な怪異だろう。それはわかる。

天童の手にはあの和綴じ本があった。――収集録である。

「ちょっと暗くなってきたね」

天童はパラパラとページをめくり、目的の場所を開いて息を吹きかけた。すると、そのページに書かれていた文字が舞い、宙に浮かんで一つの形を成す。

そこに現れたのは一匹の青鷺だった。

「これは？」

「青鷺火《あおさぎび》というやつだよ」

青鷺火は発光しながら辺りを飛び、公園を明るく照らした。

公園は人通りの多い商店街の近くだが奥まったところにあり、多少明るくなっても人は来ないようだった。

「その本を使えば、怪異を出し入れすることができるんですか？」

「ま、協力してくれる子だけだけどね。無理に従わせることもできるけど、そういうことはあまりしたくないから使える子は限られているよ」

そのとき、二人の前方から「きゅぅ……」と蚊の鳴くような小さな声が聞こえた。

見れば、着物のような塊が真っ二つに裂けている。端だけがくっついているが、少しでも動けばバラバラになってしまうだろう。

「アレが、衾……」

「そう。衾はね、どんな名刀でも切ることができないとされる、浮遊する怪異だ」

その説明を聞きながら、昌磨は折れたカッターナイフのことを思い出していた。

見た目は布のようだが、あの硬さは鉄以上と言っていいだろう。

天童は人差し指を立てる。

「でも、そんな衾にも一つだけ弱点がある」

「それは？」

「彼女だ」

昌磨は天童の隣に立つお歯黒べったりを見上げた。

「正確に言えば、弱点はお歯黒だけなんだけどね。どんな名刀をもってしても傷つけることは叶わない衾だけれど、お歯黒で染めた歯では綺麗にかみ切ることができるんだよ。つまり、彼女が衾の最大の弱点ってわけ」

お歯黒べったりはケタケタ笑いながら衾ににじり寄った。

衾はおびえたように小さくなってしまう。

「きゅぅうぅぅ……」

そうして、しゅるしゅると丸まった。あっという間に手のひらサイズに丸まったかと思うと、次第に色が変わっていく。

気がつけば、先ほどまで着物だった衾は小さなネズミのようなモノになっていた。

茶色く、リスのような大きな尻尾を持っている。

「ネズミ？」

「ムササビだよ。衾の別名である野衾はムササビやモモンガの異称でもあるんだ。怪異は人の認識で姿形が変わるからね。こういうこともある」

衾は小さく丸まりながら泣いているようだった。

「きゅぅん……」

「えっと……大丈夫？」

可愛らしい容姿に先ほど襲われたことも忘れ、昌磨は思わずそんな言葉をかけた。

すると衾は、小さな顔をきゅっと上げて、昌磨を睨み付けてくる。

「お前も……」

「ん？」

「お前もオレを見て、『一反木綿みたい』って思ったんだろぉ!!」

わぁんと声を上げて号泣し始める衾に昌磨は目を瞬かせた。

人の言葉を話すというのもびっくりだし、こんなに人間味のある反応をするとは思っていなかったからだ。

怪異に向かって〝人間味〟というのもおかしいのかもしれないが……。

昌磨は助けを求めるように天童を見る。彼は肩をすくめるだけで何もする気はないようだった。

昌磨は恐る恐る衾に近寄った。見れば見るほどただの齧歯類《げっし》である。これが世間を騒がせている通り魔だとはきっと誰も思うまい。

「あのさ」

衾は顔を上げた。そのくりくりとした瞳には涙が溜まっている。

「一反木綿みたいってどういうこと？」

「……オレが何をしても、どれだけ人を脅かしても、全部一反木綿の手柄になるんだ。アイツの方が有名で、人気者だから……。お前だってどうせオレのことは知らないんだろう！　一反木綿って思ったんだろう‼」

悔しげに衾はそう叫ぶ。

確かに、昌磨も衾の特徴を聞いたときに『一反木綿みたい』と思ったが、それがどうしたのだろう。衾の言いたいことがよくわからずに昌磨は首を捻ってしまう。

「昌磨、前にも言っただろう？　怪異は、語られなければ弱っていき、認識されなければ消えてしまうような危うい存在だってね。衾の手柄が全部一反木綿のものになるということは、頑張って自分でとってきた餌を他人にとられるというのと同じことなんだよ」

天童は、昌磨の理解を促すように助け船を出す。

人を脅かすことを『手柄』と言ってしまう感覚はわからないが、意味は理解できた。人の認識が自らの糧になる、怪異特有の悩みなのかもしれない。

「まぁ確かに、自分が努力しているのを認めてもらえないのは辛いよな」

「……わかるのか？」

「人の世界もその辺は一緒だからな」

可哀想だと思いそう励ましてやれば、衾はちょこんと座り直した。そして、片手で涙を拭う。

「おまけに最近は、一反木綿のほかにもオレの手柄を横取りするやつが現れてさ。だからオレも躍起になっちゃって。『トオリマ』ってやつなんだけど……」

「通り魔？」

衾はしっかりと頷いた。そうしてまた涙を拭う。

（だから、出てくる頻度が多かったのか……）

昌磨は一人そう納得した。

ここに来る前、天童は衾にしては出てくる回数が多いと言っていた。衾が一反木綿と通り魔を意識して躍起になっていたのなら、それにも説明がつく。

昌磨は衾の前に膝をついた。

「それは、お前の別の呼び方で、実際に通り魔なんてやつはいないんだぞ」

「『トオリマ』はいる！　オレはあんなに人を襲ってない！」

「いちいち数えているわけじゃないだろ？」

「数えてないけど……」

「通り魔はいるよ。衾のほかにね」

衾と昌磨の会話に割り込む形で、天童はさらりとそう言った。

怪訝に思いながら昌磨は振り返る。

「どういうことですか？」

「昌磨はこれを見て何かに気がつかなかった？」

天童は昌磨のノートを投げてよこした。襲われた人の証言をまとめたあのノートである。

ノートを広げ、視線を落とす。

「『何か気づかなかった？』って言われても……」

「ヒントは犯行の方法」

「犯行の方法……」

昌磨はノートに指を滑らせる。

「犯行の方法が……二種類？」

思い返してみれば、犯行の方法は二種類あった。どちらも窒息させるのは一緒だが、窒息までに至る過程が、顔を覆う方法と首を絞める方法の二種類ある。

「そう。衾はね、顔を覆い、相手を窒息させるのが特徴の怪異なんだ。首を絞めたりはしない。つまり、首を絞められたという人は衾以外のものから襲われたということになる」

「それは……」

「通り魔だ」

昌磨はノートを捲って中身を確かめる。

「そこに書いてあったけど、男性も女性も襲われているのに、女性だけ襲われる人間に少し片寄りがあっただろう？　黒髪の美人って」

昌磨は頷く。それは喜宏から聞いた話だった。何かのヒントになるかもしれないとノートにメモしておいたのだ。

「そして、今回話を聞いた黒髪美人の日笠さん。彼女は首を絞められている。おそらくその片寄りは、通り魔の趣向だ。彼、もしくは彼女は、黒髪の女性を狙って犯行を繰り返している。衾の陰に隠れてね」

「でも、鷲頭さんは……」

「彼女は顔を覆われたって証言していただろう？　衾は人を選ばない。男でも女でも黒髪でも茶髪でも関係なく人を襲うよ」

「決定的なのは日笠さんだけ襲われた時間帯が違うんだ。彼女は『もう星が出ていたのでそれなりの時間帯だった』と証言している。黄昏時だって星は見えるかもしれないけれど、この時間帯を指すならば『夕方だった』とか言う方が適切だろう？」

昌磨は口元を覆った。

「じゃあ、通り魔は本当に……」

「いるだろうね。捕まらないのをいいことに、犯行を繰り返している悪質なやつだ」

天童は顎を撫でながら話を続ける。

「それで、ここからは勝手な推測になるんだけれど、日笠さんが襲われたのがちょうど一週間前の水曜日だったろう？　俺はそっちの専門家ではないから、聞いただけの話なんだが、人間の犯罪者は同じ周期で犯行を繰り返すそうじゃないか」

「今日は……水曜日！」

「そう。今晩あたりまた被害者が出るかもね」

「それはっ！」

昌磨は焦った様子で立ち上がった。

しかし、天童は涼しい顔で踵を返す。

「と言うことで、謎は解けたし帰ろうか。衾もちゃんと本に戻ってね」

「え？」

「今日は観たいドラマの再放送があるから、急がないと」

能天気な反応を見せる彼に昌磨は声を荒らげた。

「通り魔、捕まえなくていいんですか⁉」

「いいよ。それは俺の仕事じゃない。俺は別に正義の味方ってわけじゃないからね」

「でも！」

「それなら、昌磨が一人で探しに行けばいい。衾はこの通り捕まえられたし、後は自由時間で大丈夫だよ。お金の方は明日渡すから心配しなくていい」

今日誰かが襲われるかもしれないというのに、天童はどこまでも他人事である。

昌磨は眉をひそめた。

「……わかりました」

どこかに行こうとする昌磨に天童は声をかける。

「本当に探しに行くの？」

「ちょっと歩いて回るだけですよ。これで本当に誰かが襲われたら、寝覚めが悪いじゃないですか」

「昌磨は優しいね」

「……自分を許せなくなるのが嫌なだけです」

馬鹿にされたような気がして、昌磨は口をへの字に曲げた。

そのときだ。

「オレが一緒に行ってやる！」

衾が声を上げた。

「オレが昌磨と一緒に行ってやる。オレも『トオリマ』に恨みがあるからな！」

「ダメだよ」

それを止めたのは天童だった。

彼は普段より少し固い声を出す。

「君は本に戻るんだ」

「でも……」

「でも、じゃない。俺は君を本に戻しに来たんだ」

収集録を掲げ、天童は譲らない。

「万全じゃない今の君なら無理やり本に戻すこともできるけど、できるだけそういうことはしたくないんだ……わかるね？」

「……それは」

「変な事は考えない。それが君のためだよ」

「……」

「天童さん!!」

二人のやりとりに割って入ったのは昌磨だった。

「それなら俺に衾を貸してください！」

「ん？」

「飛べる衾が協力してくれたら心強いです。さっき収集録から青鷺火とかいうのを出したじゃないですか。あんな風に一度本に戻してからもう一度出して……」

「それはできないよ。一度戻った怪異は、収集録からあまり離れることはできないんだ」

「それなら、収集録を貸してもらうことは……」

「無理だね」

「……それじゃ」

昌磨は必死に頭を働かす。

しかし、天童を説得できそうな材料は何一つ浮かばなかった。

「じゃあ、ちゃんと戻ってくる！」

そう言ったのは、衾だった。

「全部片がついたら、ちゃんと戻ってくるから！　約束する!!」

「だからこのまま逃がせと？」

「俺が責任を持ちます」

さっと昌磨が手を上げて、天童は黙った。

二つの真剣な視線を受けて、面倒くさそうに頭を掻く。

「たのむ！」

「お願いします！」

「……ったく、仕方がないな」

天童は収集録を振った。すると見る見るうちにお歯黒べったりと青鷺火がバラバラになる。それらは文字へと姿を変えて収集録に吸い込まれていった。

「衾が逃げたら、お守りの修復代、百万円追加だから」

「げ」

「それでいい？」

「……いいです」

「それじゃ、勝手に行っておいで」

天童は一瞬だけ目を細めた後、背を向け、手を振った。

◆◇◆

「うわあっ！　は、離すなよ！」

「離すわけないだろー」

昌磨は浮いていた。掲げている右手には風船か気球のように膨んだ衾がいる。

二人は見通しがいい空から通り魔を探すことにしたのだ。

昌磨は衾の端を掴み、衾もまた昌磨の手を掴んでいた。

一つに重なった影は四、五階建てのビルより高い位置を飛ぶ。

こんな夜中に空を見上げる人は誰もおらず、二人のことはまだ気づかれていなかった。しかし、こんなことを続けていれば、いずれ騒ぎになってしまうだろう。

「とりあえず、『トオリマ』が前に現れたところに行くぞ」

「それなら、ここから南の方向だ。――って、南は逆方向だぞ！」

「うるさいなー！」

きゅー、きゅー、と甲高い声で衾は鳴く。姿もムササビそのものなのでもう全く恐怖はなかった。可愛くないことばかり言うので憎らしいけれど、それだけである。

日笠が襲われたという駅前に着く。彼女はこの近くの路地に入ったところで首を絞められたのだ。

しかし、駅前にはそれらしい人物はいなかった。仕事が終わり、家路を急ぐスーツ姿の男女数人と、イヤホンで音楽を聴く学生服姿の若者。ジョギングを楽しむ青年数人に、飲みすぎたのかふらふらと身体を揺らすおじさん。

電車が到着したのか、そこにまたわっと人が駅から吐き出されてきた。

（どうするか……）

むやみやたらに見るわけにもいかない。空を飛んでいるとはいえ、細々とした路地の中まで見に行けるわけではないのだ。死角は結構ある。ある程度当てを付けなければ難しいだろう。

（とりあえず、ターゲットになりそうな黒髪の女性を……）

そう思い目をこらす。しかし、これも難しかった。

思ったより、黒髪の女性は多かったからだ。

特に高校生などは、学校から髪の毛を染めることが許可されていないためか、ほとんどの者が黒髪だ。

時刻はまだ十九時。塾からの帰りか、学生も結構多かった。

「なぁ」

昌磨がどうしようかなやんでいると、上から衾の声が聞こえてきた。

戸惑うような声に昌磨は顔を上げる。

「なんで、信用したんだ？　オレ、今から昌磨のことを襲って逃げるかもしれないぞ」

「マジでやめてくれよ。頼むから……」

「しないけどさ」

衾は納得していないような声色を出す。

昌磨はあいている方の手で頬を掻いた。

「……信用したというか、二人で探した方が早いだろうなって思って。お前、空飛べるだろ？　単純に空から探した方が早いじゃん」

「ふーん」

「あと単純に、俺も同じことをされたら嫌だろうなあって思って。自分が頑張ったことを人に横取りされるのは、ムカつくじゃん？　ま、その頑張ることっていうのが人を襲うことってのは、よくわからないけどな」

このあたりの感覚は恐らく一生わからないだろう。

「人間なのに変なやつだな、お前」

「そうか？」

「オレのこともあまり怖がらなかったし」

「いや、襲われたときはそれなりに怖かったぞ」

いきなり顔を覆われ、呼吸を止められる恐怖は、なかなかのものがあった。

今思い出してもぞっとする。

「普通はもっと怖がるだろ」

「そうか？」

「少なくとも、こんな風には話せないと思うぞ。……お前、オレたちみたいな存在が怖くないのか？」

「存在が怖い？」

昌磨は首をひねる。

一ヶ月前に怪異が見え始めたときもびっくりはしたが、怖いという感情はなかった。内にあったのは『めんどくさい』やら『うざったい』やら『うるさい』やら、そういう感情だけである。存在自体が怖いとは思ったこともなかった。

「お前、実はオレたちみたいなのを見慣れているな？」

「見慣れているわけないだろ。どうやって見慣れるんだよ」

衾は疑いの眼でじっとりと昌磨を見下ろしてくる。

昌磨はうーんと顎をさすった。

「ほら、お前根は悪いやつじゃなさそうだし！　人間同士だって通り魔みたいに自分に危害を加えようとするやつは怖いだろ？　上手く言えないけど、怪異だって自分に危害を加えようとしないやつは怖くないんだよ。多分、だけどな！　さっき、お前に襲われたときはちゃんと怖かったぞ。びっくりもした！」

「昌磨は人に対するのと同じようにオレたちを見るんだな」

「……ダメなのか？」

「ダメじゃないけどさー」

返答に困っているのか、衾はきゅーんと鳴く。

「昌磨はさ、ヒャクマンエンが増えたら大変なのか？」

「大変だわ！　……だから、逃げるなよ。頼むから」

「……うん」

衾は素直に頷いた。

昌磨はそれを見届けて、視線を下に移した。相も変わらず人が多い。

「それにしてもどうやって探すかなぁ」

「トオリマ、いないのか？」

「そもそもどんな格好しているやつなのかわからない」

「昌磨って、案外使えないやつなんだなー」

「うるさいわ！」

そのとき、デニムのポケットに入れていたスマホが震えた。片手でなんとか出してみると、そこには先ほど登録したばかりの『天童』の文字が映し出されている。

通話ボタンを押すと、陽気な声が聞こえてきた。

『やぁ昌磨、頑張ってる？　衾にも逃げられてない？』

「……冷やかしなら後にしてください」

『冷やかしだなんて失礼だな。二人に言い忘れたことがあって連絡したんだよ。結構役立つ情報だと思うんだけど、聞きたくない？』

もったいぶった言い方にイラッとした――が、情報は重要だ。昌磨は冷静を装いながら答える。

「……何ですか？」

『犯人の特徴』

その一言に息が詰まった。

昌磨は詳しく聞こうと、スマホに耳を押し当てる。

『日笠さんの証言から、通り魔の凶器はタオルのようなものだとわかっている。しかし、紐よりは怪しまれないとはいえ、タオルを持ち歩くのもそれなりに目立ってしまうだろう？　しかし、その場所でなおかつ、その時間帯ならば怪しまれずにタオルを堂々と持ち運べる者がいる。どんな人物かわかるかい？』

昌磨は地上に視線を滑らせる。そして、ある集団を見つけ、あっと声を上げた。

「もしかして、……ジョギングをしている人ですか⁉」

『ご名答』

ジョギングをしている人たちの首には全員ではないがタオルが掛かっている。これならば誰にも怪しまれることなくタオルを持ち運べるだろう。

『その駅前の大通りはここらでは有名なジョギングコースでね。会社帰りの人たちが、夜になると走っているんだよ』

「確かに、走っている人はちらほらいます」

『それなら、よーく目をこらして見るんだ。一人で走っていて、何度も頻繁に駅前を通過していて、黒髪の女の子をじろじろ見ている人』

昌磨は言われた通りに目をこらす。

『更に、女の子の後ろを歩いていて、首からタオルを取ろうとしていたら、……ほぼビンゴだ』

「いたっ！　――衾っ！」

そう呼びかけると、衾は昌磨をつれたまま急降下を始める。眼前には黒髪の女性と、背後から彼女にタオルを巻き付けようとするジャージ姿の男の姿。

滑空してきた勢いで、昌磨は男の背中を思いっきり蹴った。そのまま互いに手を放し、昌磨は転がるように地面に身体を打ち付ける。

「いったぁー……」

「う……」

通り魔の男が呻く。

前のめりに倒れ、頭を打ちつけたようだったが、まだ意識はあるようだった。

「衾、頼む！」

「あぁ！」

衾は通り魔の顔に覆い被さった。

通り魔はしばらく藻掻き苦しんでいたが、やがて落ちるように気絶してしまった。

死んだように転がる通り魔を、昌磨は足でつんつんと蹴る。

「死んでない、よな？」

「そんなヘマするかよ。オレは誰も殺さない主義なんだ」

「それならいいけど……」

「……昌磨くん？」

どこかで聞いた声がして振り返った。すると、そこには驚いた顔の朋美がいる。

どうやら、襲われかけたのは朋美だったようだ。

昌磨はとっさに衾を自分の背に隠した。

「今、空から降ってきたよね？　それに、その倒れている人って……」

「えっと……」

どう答えていいのかわからない。

正直に話しても、信用してもらえる話ではないだろう。

そもそも、怪異のことを上手く説明する自信もない。

昌磨は視線を泳がせながら、後ろで伸びている犯人を背負った。とりあえずこのままにしておくのは危険だ。置き手紙と共に警察署の前にでも放置しておけば、後はその道のプロが、きっとなんとかしてくれるだろう。

「じゃ！　鷲頭さん。夜道には気をつけてね！」

「えっ、昌磨くん⁉」

昌磨は逃げるようにその場を後にした。

背中に朋美が何か声をかけていた気がしたけれど、聞こえないふりをした。

◆◇◆

「襲われたのは鷲頭さんだったんじゃない？」

事務所に帰ってきた二人を出迎えたのは、天童のそんな言葉だった。その見てきたような台詞に、昌磨は「こわっ……」と本音を漏らしてしまう。

「なあに、簡単な話だよ。彼女、月水金で家庭教師のバイトをしているって言っていただろう？」

「はい。でも、今日でやめるって……」

「そうだね。でも裏を返せば、今日は行くってことだ」

「あ」

間抜けな声が漏れた。

「家庭教師先の家が駅前かどうかはわからなかったけれど、あの大通りは人通りも多いし、住宅もそれなりに密集しているから、あり得ない話じゃないなって思ってね。それに、彼女なら通り魔の好みにぴったりだしね」

さらりとそんな事を告げて、天童は収集録を開く。

「衾もちゃんと戻ってきたんだね。えらいえらい」

「約束を守っただけだろ！」

衾はツンと顎を反らした。

「じゃ、収集録に戻すよ」

「いつでもいいぞ！」

衾は諦めたように大の字で床に寝転がった。白いもふもふの腹が露わになる。

天童は収集録の白紙のページを開くと、またページに息をふぅっと吹きかけた。そこから白い灰のようなものが舞い上がり、衾の身体を覆った。すると、彼の身体の端が少しずつ文字になって舞い上がっていく。

「……昌磨」

衾は寝転がったまま彼の名を呼んだ。

「なんだ？」

「特別に、オレの名前を呼ぶ権利をやる！」

「へ？」

「オレの名前は『昴《すばる》』だ。必要になったら呼べ。ちょっとぐらいなら手を貸してやる！」

居丈高にそれだけ言うと、彼は頭の先まで文字に変わり、収集録に収まっていった。パタンと閉じたその本は微かに淡く光っている。しかし、その光も次第に消えてなくなった。

「名前を教えてくれるだなんて、ずいぶんと衾と仲良くなったんだね」

感心したような天童に、昌磨は首を傾けた。

「あの、名前って……？」

「名前は名前だよ。『衾』っていうのはね、人間で言うところの『人』ってくくりと同じようなものだから。名前はその怪異独特の固有名詞のことだ。……ま、『人』と『衾』が同じだからといって、衾という怪異がそこら中にいるというわけではないんだけどね」

天童は何やら楽しそうだった。彼はいつも楽しそうだが、今日は一段とそう見える。まるで衾と昌磨が仲良くなったのが嬉しいみたいだった。

「名前を呼んだらどうなるんですか？」

「気になるなら、呼んでみればいい。彼が許可したんだ。いつ呼んでも怒らないだろう」

「大丈夫だって！　ほら、呼んでみて」

「なんかそれ、怒られる感じのやつじゃないですか？」

「……『昴』」

次の瞬間、火花が散ったかと思うと昌磨の前に袞——昴が現れた。

昴はキッと昌磨を睨み付ける。

「なんで今呼び出すんだよ！　お前はっ!!　さっき別れたばかりだろうが！」

「わわっ！　ごめん！　ちょっと呼んでみただけで!!」

「呼んでみただけって。用がないなら帰るからな！」

そう言って今度は瞬《まばた》き一つで消えてしまう。

天童はそんなやりとりを見ながら肩をふるわせて笑っていた。

「ま、そういうことだよ」

「そういうこと？」

昌磨はじっとりと天童を睨む。

天童が怒らないと言ったから呼んだのに、結果怒られてしまった。

彼は鈍感なのかあえて無視をしているのか、昌磨の怪訝な顔に少しも表情を崩さない。

「そのままだよ。呼んだら駆けつけてくれる仲になったってこと。怪異が自らの名前を呼んでいいと許可するというのは、そういうことなんだよ。難しい説明はいくらでもできるけれど、今はこれだけ知ってればいいだろう？」

「まぁ……」

曖昧に頷く。

天童は一体どこまで予測していたのだろうか。

昴のことも、通り魔のことも、少ない情報であそこまで見抜いた彼のことだ。もしかしたら昴と昌磨が仲良くなるのを見越して、あの場を去ったのかもしれなかった。

その証拠に、彼は電話口から昌磨と昴をアシストしてくれた。本当に通り魔をどうでもいいと思っている人ならばそんなことはしないだろう。……たぶん。

天童は昌磨に向かって手を差し出す。

「ってことで、これからもよろしくね、昌磨」

「よろしくお願いします」

手を握り返した。けれど、彼のうさんくさい笑みにはまだ当分慣れそうもなかった。

第二章　怪異の家族

「貴方が、花島昌磨さんですか？」

しとしとと雨が降る中、彼は天童の事務所に向かう昌磨をそう呼び止めた。声のした方向を見れば、そこには年端もいかぬ少年が立っている。

頭にかぶった菅笠から水をしたたらせ、手には紅葉豆腐を持っていた。着ているのはミミズク柄の着物である。

あどけない双眸は、昌磨を見上げて揺らめいた。

「どうか、父ちゃんを探し出してください！」

深々と頭を下げながら、少年は持っていた豆腐を差し出す。

それが昌磨と豆腐小僧《とうふこぞう》の出会いだった。

◆◇◆

「なぁ、この辺で笹の揺れるような音、聞かなかったか？」

「なんだよ、突然」

呆れたように返したのは喜宏だった。

昌磨は大学の食堂にいた。机を挟んで向かいにいるのはいつものメンバー、喜宏と大和だ。喜宏は日替わり定食、大和は焼きそばパンをかじっている。昌磨の前にはいつもの弁当だ。

今日のメニューは、夕食の残りの和風ハンバーグにポテトサラダ。作り置きのきんぴらゴボウに、仕込んでおいた煮卵。ほうれん草のごま和えの脇には唐揚げが添えられている。

大和は指についたソースを舐め、今度はメロンパンを取り出した。

「笹って七夕でもすんのか？　まだ六月半ばだぞ」

「いや、七夕は関係なくて……」

「七夕でもないのに、笹が必要なのか？」

「笹本体というより、笹の音の方が重要なんだけど」

「音？」

喜宏も大和も同時に首をひねる。何を言っているのかわかっていないような顔をしている。

昌磨は和風ハンバーグを口に運ぶ。思案顔で咀嚼し、飲み込んだ。

「んじゃ、聞き方を変える！　この辺で、大きな男を見なかったか？　それか、そういう類の噂知らないか？」

「大きな男ってどのくらいだよ？」

「……家ぐらい？」

「なんだそれ。化け物かよ」

「ってなるよなぁー……」

うなだれた。

こういうとき、どう聞けばいいのかいまだにわからない。

昌磨は『見越入道《みこしにゅうどう》』という巨大な男の怪異を探していた。

ことの始まりは二日前に遡る。

怪異集めのバイトを始めてから、昌磨は大学終わりに事務所に行くのが日課になっていた。もちろん別のバイトがある日は行ってないが、それ以外の日はできるだけ顔を出すようにしていた。

全てはお守り代の三百万円を無事返済するためである。

袅——昴を捕まえた後、昌磨は天童から約束通りに報酬をもらった。額は二万円。実働数時間で二万円のバイトは破格である。

しかし、全額を借金返済に充てたとしても、残り二百九十八万円が残っている。

別のバイトの給与は生活費に充てるため、三百万の返済は基本的に怪異集めのバイトで返済しなくてはならなかった。

三百万円なんて借金、ちんたらやっていたら、いつまで経っても返し終わらない。すぐにとはいかなくとも、せめて大学生活中には返し終わりたかった。

なので、昌磨はできるだけ多くの怪異を集め、借金を完済するために、事務所に詰めていたのである。

しかし、事務所にいるのは意外にも快適だった。

暇な時間は勉強をしたり、レポートを書いたりしていればいいし。

天童はドラマが好きなのか一日中テレビの前から動かないので、邪魔をしに来るということもない。

事務所の女子高生——奥田《おくだ》冬花《とうか》も昌磨にはとても親切にしてくれた。

見た目は派手だが、細かいところに気がつくいい子である。

二日前も、昌磨は天童の事務所に向かっていた。

その道中、見たこともない少年に呼び止められたのである。

彼は自らを『豆腐小僧』と名乗った。

事務所に連れていき、天童に聞いてみたところ、豆腐小僧というのは豆腐を持って道ばたに現れる、基本的には無害な怪異なのだという。

豆腐小僧は昌磨に、ある頼みごとをしに来たということだった。

それは父親である見越入道を見つけてほしい、もし見つけてくれれば、見越入道ともども本に戻るというものだった。

どうやら昴の一件から、昌磨の名は怪異の間でそれなりに有名になりつつあるらしい。

昴が自分の名前を教えたのも大きかったようで、怪異の中では『信用できる人間』として広まっているようだった。

豆腐小僧もそういう噂を頼りに、昌磨を頼ってきたと言っていた。

(なのに、全く成果なしと……)

二日ほどつけ込んだ煮卵を噛みしめる。

色は上手についているのに、いつもより味が薄い気がするのは、気落ちしているからだろうか。

見越入道は、最初は普通の僧の姿で現れ、見上げれば見上げるほど大きくなるというのが特徴の怪異である。別名、見上《みあ》げ入道《にゅうどう》ともいうらしい。

そして、見越入道が現れるとき、決まってワラワラと笹の音がするのだという。

だから先ほどの質問を友人たちに投げたのだが、結果は惨敗だった。


「昌磨ってホラー物とか好きだったっけ？」

大和がメロンパンの袋を潰しながら聞いてくる。次に取り出したのはコロッケパンだ。どちらかと言えば小柄な男なのに、この大食漢ぶりは見ていてげんなりしてくる。

「ホラーは好きじゃないんだけど、最近ちょっとそういうのに興味あってさ。もしなんか怪談とか変な噂とか聞いたら教えてくれると助かる」

「へぇー」

「昌磨ってそういうこと信じなさそうなのにな」

大和、喜宏の順で声を上げた。

「あ。じゃあ、こんなのどうだ？」

「こんなの？」

大和は人差し指を立てる。

「この前サークルの女子に聞いた話なんだけどさ。最近、出るらしいぜ？」

「出る？」

「そう。六甲八幡《やはた》神社の辺りに女の幽霊がさ」

六甲八幡神社というのは、先日、通り魔の出た阪急《はんきゅう》六甲駅の裏にある大きな神社のことだ。毎年一月十八日、十九日に厄神祭《やくじんさん》という、大きな祭りが行われる。

大和はニヤニヤしながら顔の前に両手をだらりと下げた。お化けを表しているらしい。

「一見、ワンピースを着た綺麗な女性らしいんだけど、首の辺りに絞められたような紫色の痕があるんだってよ。それで、夜な夜なあの辺りを徘徊しているらしい。『あの人はどこにいるの……』なんて声を聞いた人もいるらしくて。噂によると恋人に首を絞められて死んだ女の人の霊が、その恋人を探し回っているとかなんとか……」

「なんだそれ。どうせ噂だろ？」

「いや、だから、噂でもいいって言うから話したんだろ」

喜宏の突っ込みに、大和は口をとがらせた。

確かにおどろおどろしい話ではあるが、見越入道とは関係ないだろう。昌磨が探しているのは男の怪異だ。

(でもまぁ、天童さんには話しておいた方がいいかもしれないな。何かのヒントになるかもしれないし)

昌磨は例のノートを開くと、大和から聞いた話を書き込み、『後から天童さんに話してみる』と黄色の付箋を貼った。

「そんなことよりさ。週末の祭り、一緒に行こうぜ！」

先ほどまでとは違う大和の明るい声に、昌磨は顔を上げる。

「自治会主催の納涼祭りだろ？　商店街の人たちも張り切っているみたいだし、楽しみだよな！」

「噂では花火も上がるらしいぞ！」

「お、今年初花火だ！」

喜宏も楽しそうな笑みを浮かべている。

食堂の壁にもちょうど祭りのポスターが貼ってあった。第一回と書かれているので、今回から始まった祭りなのだろう。納涼というにはいささか早すぎる気がしないでもないが、確かに最近、少し暑くなってきた。

「そう来ると思って、俺、学部のメンバーに声かけといた！　女の子、いっぱい来るぞー！　ま、野郎ももちろん来るけどな！　浴衣美女、楽しみだよなぁ」

「浴衣か……悪くないな」

何を想像しているのか、二人とも少し緩んだ表情でうんうんと頷いている。

昌磨は食べ終わった弁当を片付ける。

「ごめん。俺はパス」

「へ？」

「なんで？」

「正直、金欠で。お祭りに行っても楽しめないと切ないからな」

午後からの講義は取っていなかった。今日はこのまま事務所へ直行する予定である。

昌磨は弁当箱をリュックに入れると立ち上がった。

納得がいかないとばかりに二人は口をすぼめた。

「えー」

「金なら貸してやるぞ？」

「友達と金の貸し借りはしてもいいことないだろ。ま、もし気が変わったら連絡するから、そのときはよろしくな！」

コップに残っていた水を飲みきり、食堂の返却棚に置く。

そして二人に手を上げた。

「んじゃ、俺バイトがあるから」

「おう！」

「がんばってな！」


食堂を出て、工学部の音響実験室棟がある方に進み、階段を下りる。半分ほど下りたところで、その声は聞こえた。

「しょーうーまーさぁーん！」

ふわりと大きな毛皮が上空に舞い、そこから一人の少年が降ってきた。そして、上を向いた昌磨の顔面に抱きついてくる。

「うわわっ！」

あまりの衝撃に昌磨はバランスを崩し、転けそうになる。後頭部があわや階段の角に当たりそうなところで、飛来していた毛皮が階段と昌磨の間に入るようにして、頭を守った。

「おい、いきなり飛び降りるなよ！　危ないだろうが！　お前も！　こいつも‼」

昌磨の頭を守ったのは昴だった。

彼は頬を膨らましながら、飛び降りた少年——豆腐小僧に怒っていた。

「わわわ！　ごめんなさい‼　早く父ちゃんのことが知りたくて……」

しょんぼりとうなだれる豆腐小僧を昌磨は抱き上げる。人間の子供にしたら四、五歳ほどの身体は、意外にも軽い。

「豆腐小僧、事務所から出てきちゃったの？」

「いてもたってもいられなくて……」

昌磨が見越入道を探している間、豆腐小僧には事務所で待ってもらっていた。天童はあてになりそうになかったので、昴を呼び出して世話をお願いしていたのだが、今日は待てずに事務所から飛び出してきてしまったらしい。

「一人で行かせるのも危ないかと思って、連れてきてやったんだよ。そしたらこいつ、昌磨を見つけるなり飛び降りやがって……」

「そっか。昴、何から何までありがと。さっきも助かった」

「ん」

ふんと鼻を鳴らしながら、昴は小さくなり昌磨の肩に乗った。くるりと丸くなったのを見るあたり、どうやら今からもう一寝入りするようだ。

前に天童は、一度本に収集した怪異はあまり本から離れることはできないと言っていたが、どうやら名を呼んで呼び出した怪異にはその法則は適用されないようだった。

「昌磨さん、父ちゃんは？」

「ごめん。大学の友達は知らないって」

「そうですか……」

しょんぼりとうなだれる豆腐小僧。手に持った菅笠を、彼は鼻の辺りまでぎゅっと持ち上げた。瞳は頼りなげに揺らめいている。

昌磨は豆腐小僧を安心させるように、笑みを向けた。

「大丈夫、お父さんは俺が絶対探してあげるから。今日は心当たりのところ、探しながら帰ろうか？」

「はい」

豆腐小僧は小さく頷いた。

◆◇◆

「まだやっていたの、その依頼」

夕方、足を棒にしながら帰ってきた昌磨たちに、天童は目を瞬かせながらそう宣った。

そのあまりの言いように、昌磨は半眼になる。

夕方にあるドラマの再放送が終わったタイミングなのだろう。彼は冬花と少し遅めのおやつを楽しんでいるようだった。彼らの前にはカップのアイスクリームが置いてある。

「まだやっていたの、って……」

「そんな依頼なんか受けなくても、豆腐小僧だけでもさっさと収集すればいいのに。昌磨のそれは俺も美徳だと思うけど、あまりやりすぎるとつけいられる上に、大変だよ？　怪異には嘘をつく輩がごまんといるからね」

ただでさえ、昌磨はそういうのから好かれる体質なんだから……と天童は続けた。

依頼を受けずに収集すればいいと言われた豆腐小僧には可哀想だが、天童は天童なりに昌磨のことを心配しているようだった。

「それで、見つかったんですか？　見越入道」

冬花の問いに昌磨と豆腐小僧は同時に首を横に振った。あれからいろいろと探してみたものの、手がかりなんて物はかけらも見つからなかった。豆腐小僧によると、この街ではぐれたのは確かなようだったが、詳しい場所まではわからないらしい。

「天童さんは、どこにいると思いますか？」

「さぁね。見越入道は僧の格好をしているというし、寺なんてのは居心地がいいんじゃないかな？」

「寺……」

「でも、結構いろんなところに出る怪異だからね。夜道とか坂道の突き当たりとかでの目撃談が多いよ」

「そんなの、どこにでも出るって言ってるようなもんじゃないですか」

「だから、最初からそう言ってるだろう？」

アイスを一匙《さじ》掬《すく》い、口に放り込む。心なしか口元が緩んでいるような気がするのは気のせいではないだろう。

珈琲には砂糖とミルクをこれでもかと入れて飲むし、おやつの時間は欠かさない。

気がついたらチョコレートをつまんでいたりするし、事務所に置いてある唯一の雑誌は『スイーツカタログ』だ。

以上のことから、昌磨は、天童が実は極度の甘党なのではないかと疑っていた。

天童はまたアイスを掬う。

「見越入道とはあまり会ったことがないから、いまいちそういうのはわからないんだよ」

「その言い方だと、ほかの怪異とは会ったことがあるってことになりますよ」

「会ったことあるよ」

「へ？」

思ってもいなかった答えに昌磨の口から間抜けな音が漏れる。

「ま、全員じゃないけど。師匠のところに入り浸っていた子なら大体は把握してる。師匠が亡くなってもう結構経つから、代替わりした子もいるだろうけどね。そうなっていたら、また『初めまして』だ」

「代替わり？」

「怪異は不老だけど、不死じゃないんだよ。怪異同士で争いが起きたりして傷つけ合えば、当然その傷が原因で死に至ることもある。普通の動物や人間のようにね。けれど、怪異の根源は人の噂や信仰だ。誰かが語り継ぐ限り、死んでも新しく生まれかわる」

天童は銀のスプーンで昌磨の肩に乗っている衾を指した。

「君も最近生まれたんじゃないのか？　俺の知る衾とは名前も姿も別物だ。きっと本から飛び出してから今に至るまでの間に、どこかで代替わりが起きたんだろうね」

「そうなの？」

昌磨は肩の昴に声をかけた。昴は面倒くさそうな表情で鼻の頭を掻く。

「あぁ、そうだよ。前の衾がどうして死んだのかはわからないけどな」

「でもさ。お前、最初から収集録のことを知っていなかったか？」

昴と出会ったとき、彼は収集録に戻すと言った天童の言葉に、少しも驚いてはいなかった。もし、彼らの言う通りに代替わりが起きていたのなら、昴にとって収集録は未知の存在であるはずだ。

「オレたちは人間みたいにまっさらな赤子の状態で生まれてくるわけじゃない。自分の性質とか、ほかの怪異のこととか、その本のこととか。必要なことはちゃんと引き継ぎがあるんだよ。といっても、情報だけだけどな。前の記憶があるわけじゃない」

「へぇー」

生き物のようで生き物ではない怪異のあり方に、呆けたような声が出る。

「じゃあさ！　引き継ぎがあるってことは、収集録を作った天童さんの師匠とかいう人の情報も引き継ぎされているってこと？」

「それは……」

「そういえば、今朝外に出たとき商店街の方が騒がしかったね。何か催し物でもあるのかな」

昴の声を遮るようにして、天童が声を上げた。その視線は窓の方を向いている。

天童の質問に答えたのは冬花だった。

「なんか、納涼祭りがあるみたいですよ。結構大規模にやるみたいで、縁日も出て、花火も上がるらしいです！　さっきチラシ貰いました」

冬花はポケットから一枚のチラシを取り出した。

四つ折りのそれを広げると、大学の食堂に貼ってあったポスターを縮小したようなものが出てくる。藍色の空に大きな花火が上がっている絵が特徴のチラシだ。

「へぇ、楽しそうだ。最近暑くなってきたから、そういう催し物があると気分が上がるね」

「わかります！　暑い日に食べる縁日のかき氷とか最高ですよねー」

「ベタだけど、リンゴ飴とかもいいよね」

「私、わた飴とか、ベビーカステラも好きです！」

いつの間にか二人で縁日の甘味の話になっている。

どうやら甘いもの好きというのは確定のようだった。

「いっそのこと、このみんなで様子を見に行く？」

天童の提案に昌磨は首を振る。

「俺はパスで。さっき友達にも同じように誘われて、断ったんですよ。なので、行きにくいです」

「それなら大学の友達も一緒にみんなで行ったらいいんじゃない？　こういうことは人数が多い方が楽しいし」

「え？　このメンバーと大学の友達とを一緒に、ですか？」

「あ、それ楽しそうですね！　昌磨さんの友達とか、私も気になります！」

冬花も手を上げながら賛成した。

「天童さんはともかく、冬花ちゃんは学校の友達とかと一緒に回らなくてもいいの？」

「約束してるわけじゃないですし、大丈夫ですよ。もし、途中で仲のいい子が回ってるの見つけたら、抜けちゃうかもしれないですけど！　……昌磨さんの方は迷惑とかではないですか？」

天童とは違い、気のつかえる彼女は、そう言いながら首をひねる。

「あいつら騒ぐの好きだから天童さんや冬花ちゃんが入るのは問題ないよ。問題なのは、俺の懐事情かな。ちょっと前にバイト先がなくなっちゃったし。昴を捕まえた時のお金も、お守り代に消えたからさ」

「じゃ、お祭り用に特別ボーナスを出してあげようか」

天童の提案に昌磨は頬を引きつらせる。

(どんだけ行きたいんだこの人……)

呆れるを通り越して、尊敬してしまうレベルである。

そんなに縁日を回りたいのだろうか。

天童はどこまでもいい笑顔を向けた。

「ほら、最近働きづめで疲れてたし！」

「……天童さん、最近働いてましたっけ？」

「昌磨の歓迎会もしてなかったし！」

「歓迎される側が連れていくってどういうことですか？」

「見越入道が見つかるかも！」

「見つかるわけないじゃないですか！」

いいかげんな言葉に昌磨は突っ込みを入れる。

天童は立ち上がると、豆腐小僧の肩をつかんだ。

「ほら、豆腐小僧も行ってみたいって言ってるし！」

「またそんな適当なこと――」

昌磨は豆腐小僧に視線を滑らせる。すると、彼は赤ら顔でうつむいていた。

「ね？　行ってみたいよね？」

「……はい」

菅笠を持つ手をもじもじとさせて、豆腐小僧は頷いた。

これには昌磨も何も言えない。

「ってことで、決定だね」

嬉しそうに豆腐小僧の肩をたたく天童に、昌磨は諦めたようにため息をついた。

「わかりましたよ。それじゃ、当日空けといてくださいね」

◆◇◆

「いいんですか？」

冬花がそう言ったのは昌磨が帰った直後だった。広い事務所の中には天童と彼女しかいない。

天童は首をひねった。

「何が？」

「昌磨さんに本当のこと、言わなくて」

「本当のことって、師匠のこと？」

「それ以外も、です」

「……そうだね」

いつも通りの笑みを浮かべながら、顎を撫でる。

窓から下を見れば、ちょうどビルから昌磨が出ていくところだった。

「どうせ信じてもらえないだろう？　まだ昌磨は俺を普通の人間だと思っている節があるからね」

彼はゆっくりと目を細めた。

◆◇◆

商店街のスピーカーから流れる祭り囃子。色とりどりの浴衣を着た女性。歩道の端には屋台が並び、今がチャンスとセールを呼びかける店の人の声。

第一回、六甲納涼祭りは上々の幕開けとなったようだった。

そんな中、浮かない顔をする男が一人。

「なんでこんなことに……」

昌磨だった。

眼前には何人もの女性に囲まれる天童の姿。

彼はいつものくたびれた格好ではなく、浴衣を着ていた。のりが効いているあたり、新品だろう。シンプルな麻の葉模様の茶色い浴衣を着込んだ彼は、なかなか様になっていた。

天童は周りを囲む女性に柔和な表情を向けている。

「天童さんって普段何している人なんですか？」

「何している人だと思う？」

「秘密なんですか？」

「秘密が多い方が、より魅力的に見えるだろう？　男性も、女性も」

微笑む天童に、きゃあと黄色い声が上がる。

昌磨は苦笑いを浮かべた。

「『普段は、日がな一日ドラマを見ています』とでも言ってやろうか……」

呟いた昌磨の声は一行に届かない。

そのとき、誰かが昌磨の脇腹を小突いた。見れば、むくれる大和の姿がある。

「昌磨、なんだあれ！　お前の新しいバイトの上司だろ？」

「いやまぁ、そうなんだけど……」

「また、綺麗な顔のやつ連れてきたなぁ」

大和を挟むようにして並んだのは喜宏だ。

確かに、天童の顔は無駄に作りが整っている。話しているとボロが出てくるが、黙っていればモデルや俳優と並んでも遜色ないだろう。

大和は前を歩く天童を指さしながら頬を膨らませた。

「せっかく女の子に声かけたのに、これじゃいつも通りに三人で回る羽目になりそうじゃんか！　昌磨、なんとかしろよ！」

「なんとかって言われてもなぁ」

天童はいたっていつも通りだ。穏やかなのも、人当たりがいいのも、彼の通常運転である。女の子を引っかけようとか、そういうつもりは全くない。

その証拠に、手にはかき氷、手首には袋に入ったリンゴ飴。もう片方の手にはチョコバナナを持っている。

彼はこれ以上ないぐらい祭りを楽しんでいた。

（やっぱりあの人、甘党だなぁ……）

ドラマ好きの甘党なんて、中身はちっともかっこよくないのに、顔がいいだけであれだけモテるのだから、人生とは世知辛いものである。

大和の隣を歩く喜宏は、憤る彼の肩に手を置いた。

「まぁ、ひがむな、ひがむな。天童さんがいなくても、どうせお前がああなることはなかったんだし！」

「はっきり言うなよ！　悲しくなるだろー」

「さっき、同じサークルの美優《みゆ》ちゃんが『大和君の誘いに乗ってよかったー！』って喜んでいたぞ。結果的に株爆上げじゃんか！」

「えー……」

急にまんざらでもない表情に変わった大和は、頬を掻く。

「ま、男どもからは『なんであんなやつ連れてきたんだ‼』って目で、さっきから睨まれているけどな！」

「だぁあぁ！　やっぱり最悪だー‼」

頭を抱え込んだ。

許可を取ったとはいえ、天童を連れてきてしまったのは昌磨だ。大和がそう言われてしまうことに多少の罪悪感は感じてしまう。

なので、謝ろうと口を開いたのだが――

「再来週の合コン、人集まらなかったらどうしよ。昌磨も呼ぶか？　でもなぁ、コイツ女の子目の前にすると結構へタレだし……」

なんて呟いていたので、下げかけた頭を元の位置に戻した。

誰がヘタレだ。誰が。

「で、昌磨。その子たちは？」

喜宏が昌磨の左側をのぞき込んだ。

そこには豆腐小僧と冬花がいる。

豆腐小僧は、菅笠はかぶってはいないが、いつもの格好だ。これだけ浴衣が多いと、着物を着ていてもあまり目立たない。

冬花の方はこれまたビビッドな、どこで買ったのかわからないような浴衣を着ている。ピンクと緑の組み合わせが目に痛い。おまけに帯は黄色ときたもんだ。

昌磨は手のひらで二人を指す。

「こっちの女の子は天童さんのところで働いているバイトの子で、奥田冬花ちゃん」

「よろしくです！」

「んで、こっちが、親戚の子供で……」

昌磨はそこではたと固まった。まさか「豆腐小僧です！」とは馬鹿正直に言えない。親戚の子供という設定を作ったままではよかったが、名前までは考えてなかった。

（な、なんか、名前考えないと……名前……名前……）

しばらく逡巡した後、昌磨は顔を撥ね上げて豆腐小僧の肩をしっかりと掴んだ。

「山田太郎《やまだたろう》です」

「記入例かよ！　なんかそれ、偽名っぽいぞ。名前が言えない理由でもあるのかよ」

「山田太郎です！」

「……押し通す気だな」

しばらく疑わしそうな目で見ていた喜宏だったが、是が非でも山田太郎で押し通そうとする昌磨に、根負けした形でしぶしぶ頷いてくれた。

「わかった。太郎くん、よろしくね」

「あ、はい」

恥ずかしそうに頬を染めて、豆腐小僧は昌磨の手をぎゅっと握った。こうしていると、本当に普通の子供のようだ。

「昌磨さん。ありがとうございます」

囁くような声に昌磨は豆腐小僧の方を見た。

「何が？」

「名前、嬉しかったです」

「あぁ、別に。適当につけた名前でごめんな？」

豆腐小僧は首を振った。

「『太郎』気に入りました！」

「そっか。それならよかった」

なんでそんなに嬉しそうにしているのかわからないが、喜んでいるのに水を差すのも憚られ、無難にそう答えておいた。

「ま、いいや！　今日はモテない者同士、楽しもうぜ‼」

「わっ！」

「とと……」

復活した大和が喜宏と昌磨の首を引き寄せる。

「冬花ちゃんと太郎くんもな！」

親指を立て、彼は兄貴分のような笑みを向けた。

勝手に『モテない者同士』に入れられたのは大変に遺憾だが、別にモテるわけでもないので甘んじて受け入れる。

「やっぱり、夏までには彼女ほしいよなー」

「お前、去年も同じようなこと言ってなかったか？」

「うるせぇ！」

喜宏の突っ込みに大和は吠える。

ちなみに、去年の秋は『寒くなる前に彼女がほしい』と言い、冬は『クリスマスまでに彼女がほしい』と言い、二月には『バレンタインデーまでに彼女がほしい』と言っていた。

結局、彼は年がら年中出会いを求めている。

「大和はどんな子がいいわけ？」

流すのもどうかと思い、興味はないがそう聞いた。

大和はニヤニヤした顔で天を仰ぎ見る。

「うーん。やっぱり擦れてなくて、清楚な……朋美ちゃんみたいな？」

「お前って、結構身の程知らずだよな」

「喜宏！　お前、言っていいことと悪いことがあるぞ！」

「なんだよ。事実だろー」

「まぁまぁ、二人とも」

「あの……」

突如呼びかけられて、三人は同時に振り向いた。遅れて豆腐小僧と冬花も振り返る。

「ちょっといいかな？」

そこにいたのは、朋美だった。

朝顔柄の浴衣がまぶしい。寒色である藍色が輝いて見えるぐらいには似合っている。

先ほどの話を聞かれたと思ったのか、大和は咄嗟に口を覆った。

朋美は昌磨の前で足を止めると、軽く視線を下げる。

「昌磨くん。ちょっと後で話したいことがあるんだけどいい？」

「え、俺？」

「うん」

もじもじと、朋美は下駄のつま先を擦り合わせる。

昌磨の背中には冷や汗が伝った。

(話って。もしかして、もしかしなくとも、通り魔の一件のことだよなぁ……)

通り魔を捕まえた昌磨は、その瞬間を見ていた朋美に大した説明をすることなく逃げ帰ってしまっていた。

(多分、昴も見られているし、鷲頭さんを襲った犯人はまだ捕まってないし。もしかしたら、犯人は俺だって思っているのかも……)

昌磨が通り魔を警察署の前に放置してからすぐ、ニュースで男が捕まったことが報じられていた。昌磨はそのニュースを見て、これで事件解決かと思ったのだが、犯人は自分が関わった犯罪のほとんどを覚えていて、朋美を含め、昴に襲われた人間を自分が襲った人間ではないと証言したのだ。

なので、世間一般的には彼女たちを襲った犯人はまだ捕まっていないということになっていた。

「それじゃ、後で連絡するね」

黙ったまま固まる昌磨の反応をどう取ったのか、朋美はそう言い放ち、背後の集団に駆け足で戻っていく。

「はぁ⁉︎　なんであの朋美ちゃんが！　いつ！　どこで！　どうやって仲良くなったんだよ‼︎」

「仲良くなんて……」

「一番乗りは、昌磨かー。付き合ったら教えろよ」

「そういうんじゃないって！」

このこのーと、喜宏に小突かれた。

朋美とは全くそういう間柄じゃないのに、こういうことをされるとなんだかいたたまれなくなってくる。

昌磨は豆腐小僧の手を取り、そのまま二人から距離を取る。

「俺、この子の面倒頼まれているから！　ちょっと抜けるわ」

「え？」

「んじゃ！」

手を軽く上げて、昌磨は駆け出した。

二人が見えなくなるところまでやってくると、豆腐小僧の手を放す。

「ごめんな。言い訳に使っちゃって」

「大丈夫です」

豆腐小僧は首をぷるぷると振ってそう答えた。かわいいし、癒やされる。

そのまま、人気のない路地に入ると、何もない虚空に向かって声をかけた。

「昴」

その瞬間、小さな花火が散って昴が何もないところから飛び出してくる。そして、定位置になりつつある昌磨の肩に飛び乗った。

「なんだ？」

「この前助けてくれたお礼もかねて、今日は一緒に回ろうかなって」

「へ？　いいのか？」

「うん。天童さん、結構奮発してくれたからさ。豆腐小僧も、お祭りに来たかったんだろ？」

そう声をかけると、豆腐小僧は首がちぎれるのではないかというぐらいにぶんぶんと首を振った。

ぷっくりとした頬が真っ赤に染まっている。相当嬉しいのだろう。

「んじゃ、行こうか。どこから行きたい？」

「焼き鳥！」

「ぼ、ボールすくい！」

元気な二つの声に、昌磨は肩を揺らして笑った。

焼き鳥にボールすくい、射的にくじ、たこ焼きに焼きそば辺りを回ったぐらいで、夜の帳が落ちてきた。

つり下がった提灯に明りが灯り、祭りの雰囲気もぐっと盛り上がってくる。公園に用意された舞台では地元のバンドが演奏を始めていた。

三人は特設のベンチに並んで腰掛けていた。

「人間っていいなぁ」

豆腐小僧がそう漏らす。

「なんで？」

「いっつも楽しそうじゃないですか」

「それはわかる！　文句垂れながらも、いつもなんだかんだいって楽しそうだよなー！」

昴が同調するように声を上げた。

結構な声量だが、街ゆく人は誰もベンチにちょこんと座るムササビが声を発しているなんて思わないようだ。

「俺から見たら、怪異の方が自由気ままな感じがするけど。ほら、学校も試験もなんにもない！　みたいな歌があるじゃん」

「学校も試験も何もないけど、墓場で運動会なんかしてないからな」

さすが、一反木綿にライバル意識を燃やす怪異である。ちゃんとアニメはチェックしているらしい。

「僕らって横のつながりが結構薄いですもんね」

「まぁ、そういう組合みたいなのがないからなぁ。祭りをする怪異もいるけど、儀式的な色合いが強いしなー」

「組合みたいなの、昔、一時はありましたけどね」

昴もそれは初耳だったらしく、昌磨と一緒に目を瞬かせた。

「ぬらりひょんっていう怪異が仕切っていた集まりがありました。特に何かするわけじゃなくて、みんなでのんびりと過ごすだけなんですけどね。情報交換の場に使っている怪異たちもいました。僕も一、二回は顔を出したことがあります。父ちゃんと母ちゃんはもう少し出入りしていましたね」

「ぬらりひょん？」

また知らない怪異だ。こんなことなら、小学生のときにしっかり某アニメを観ておけばよかったと、昌磨は少し後悔した。

思い出を語っていた豆腐小僧は、はっと顔を撥ね上げる。

「あ、今思い出しました！　そのぬらりひょん、昌磨さんにそっくりなんですよ！」

「へ？」

「顔がっていうか、雰囲気もなんですけど！　そばにいるとなんていうか。こう、落ち着くみたいな」

「それは喜んでもいいことなのかな？」

「もちろんですよ！」

豆腐小僧はそう胸を張るが、なんとなく素直に喜べない。

怪異の姿形は、人と相容れないものがあるからだ。雰囲気が似ているといわれる分にはいいが、顔は似てないぐらいがちょうどいいかもしれない。

豆腐小僧は祭りの喧噪を見ながら、目を細めた。

「僕も父ちゃんと一緒にお祭り回りたかったなぁ。一緒に花火も見たかったし、屋台だって……」

さみしそうな声を出す。

怪異なので実年齢はどうかわからないが、子が親を慕うというのはどこの世界でも一緒なのだろう。

「なぁ、見越入道がなんで姿を現さないかわかるか？」

一週間ほど探してきたが、見越入道の目撃談はゼロだ。

天童の話によると、見越入道は有名な怪異なので消える心配があまりない分、頻繁に人の前に現れなくてもいいらしい。しかし、子が親を探しているのだから、親が子を探していてもいいはずである。

「父ちゃん、極度の人見知りなんです。人の目を見て話すのが苦手というか……」

「なのに、人に見られたら大きくなる怪異なのかよ」

すかさず昴がつっこむと、豆腐小僧は首を振った。

「人見知りだから大きくなるんですよ。大きくなったら、視線を合わせないですむからって……」

「難儀なやつだな」

「母ちゃんもそう言っていました」

「お前、母親もいるのか？」

昴がそう驚いたような声を上げたとき、人混みの向こうで何かの〝気配〟が通りすぎた。昌磨は思わず立ち上がる。

「あれは……」

なぜか、今通ったモノが人ではないとはっきりわかる。

「豆腐小僧、昴。ちょっと付き合ってくれる？」

二人は先ほどの気配に気づかなかったようで、頭に疑問符を浮かべたような顔をしながらも頷いてくれる。

慌てて立ち上がった二人を連れて、昌磨はその気配を追うのだった。

気配を追ってたどり着いた場所は、森の中の古びた寺だった。もう誰も寄りつかなくなって久しいのか、屋根が崩れ落ちてしまっている。

何段も階段を上ったからか、祭りの喧噪はずいぶんと下に感じた。

「こんなところに何かあるのか？」

肩に乗ったままの昴は一人元気に辺りを見渡す。昌磨は呼吸を整えつつ「多分」と答えた。

そうしていると、急に笹の葉がこすれ合うような音が聞こえてくる。周りを見渡しても、笹はない。

『帰れ』

嗄《しわが》れた男性の声がした。

耳にではなく、頭に直接語りかけるような声である。

潰れた寺の、真っ二つに折れた柱の横がぼんやりと青く光り、その奥から人影が現れる。

『帰ってくれ』

人影はだんだんとはっきりとしていき、やがて一人の僧となった。手には白地の提灯を下げている。橙色の光が男の顔のしわをくっきりと浮きたたせた。

『わしは人に関わりとうない』

忌々しそうにそう言い、僧の顔がくしゃりと潰れた。

すると、小柄だった僧の身体が瞬き一つの間に一・五倍ほどになる。そして次の瞬間には二倍、三倍と大きくなっていく。

昌磨の頭が僧のことを見越入道だと認識する頃には、彼はもう辺りの木々よりも大きくなっていた。

身体が木々に当たり、鳥がざわめく。

昌磨は呆然としたようにその僧のことを見上げていた。首が折れるのではないかというぐらい上を向く。夜空の雲も星も月ももう見えなかった。見えるのは見越入道の大きな身体のみ。

見越入道は口を開いた。吐く息が突風のように髪の毛を揺らす。よだれが地面にぼとりと落ちた。

綺麗に生えた歯が昌磨めがけて迫ってくる。

「昌磨！」

叫んだのは昴だ。早く逃げろと言いたいのだろう。しかし、驚きで硬直した身体は思うように動いてくれない。

（まずい。このままじゃ……）

「ていやー！」

そう声がしたかと思うと、見越入道が横向きに倒れた。

地鳴りのような音が響き、鳥たちが飛び去っていく。

力が抜けた昌磨は地面に尻餅をついた。そして、彼の前に降り立った少女に目を白黒させる。

「え、冬花ちゃん？」

「まったく。大きくなる見越入道を見上げるなんて不用心です。私が来なかったら、今頃噛みちぎられて死んでいましたよ」

冬花は膝についた土を払う。しかし、その払った手はいつもの彼女の手ではなかった。

その手は茶色い毛に覆われていた。そして、指が丸い。手のひらの部分にはふっくらとしたピンク色の肉球がついていた。まるで猫のようである。

足下に視線を向けると、足も同じように猫のソレになっている。一時間ほど前まで、彼女はそこに下駄を履いていたはずだ。

冬花は上唇を舐めながら四つん這いになる。

すると浴衣の帯が外れてふわりと舞った。そして、それは冬花の尻尾になる。二股の、どこかで見たことがある尻尾だ。

「昌磨さんには唐揚げのお礼もあるので、ここは守ってあげましょう！　仕方がありませんね」

そう宣う顔が変化する。気がつけば、そこには大きな猫がいた。顔の下半分が白くなったハチワレ模様の白茶トラだ。

昌磨が天童の事務所に行くきっかけになったあの尻尾の割れた猫である。

「えぇ!?　な、なんで？」

「昌磨、気づいてなかったのか？　アイツ猫又《ねこまた》だぞ」

素っ頓狂な声を上げる昌磨に、昴がさも当たり前のようにそう言う。豆腐小僧も驚いていないので、どうやら気づいていなかったのは昌磨だけのようだった。

「へ？　でも、奥田冬花って。しかも、高校にも行ってるって……」

「怪異の中には人の中に紛れ込むやつも結構いるからな」

にゃぁあぁん！　と甲高い声を上げて、冬花が見越入道につっこんだ。先ほどよりは少し小さくなったとはいえ、見越入道はまだ木ほどの大きさはある。

冬花は見越入道の腕に噛みつく。見越入道も振り払おうとするが、突進してきた衝撃で後方に倒れてしまった。地鳴りのような音が再び上がり、土煙が舞う。

大きさ的には冬花の方が圧倒的に不利だが、彼女の方が押しているように見えた。

ダメージを受けているのか、見越入道はだんだんと小さくなっていく。

そのとき、か細い声が昌磨の耳に届いた。

「父ちゃん……」

それは豆腐小僧の声だった。

妖怪大戦争もかくやという光景を見せられ呆けていたが、見越入道は彼の父親なのだ。このまま痛めつけられる様子を見せるのは酷すぎる。

「冬花ちゃん！」

弾かれ、飛んできた冬花に声をかける。

「ありがとう。もう大丈夫」

『まだ、昌磨さんぐらいなら殺せる力、持ってると思いますよ』

老婆と幼子が混じったような奇妙な声を出し、冬花は手首についた血を舐めた。

目の前にいる見越入道は満身創痍といった感じだ。このまま任せておけば早々に決着がつくだろう。

けれど……。

「ごめん。それでも少し話をさせて」

『わかりました』

冬花はその場に座った。すると、リボンが解かれていくように大きな猫の身体が瓦解し、中から人の、昌磨のよく知る冬花の姿が現れる。浴衣に乱れはないが、手首には少し擦り傷があった。

「でも、殺されないでくださいね。もうすぐ天童さんが到着すると思うんで、せめてそれまでは」

「天童さんは？」

「今、長いだのなんだのぶつくさ文句言いながら、階段を上っています」

「普段運動しないから」

苦笑が漏れた。なんとも彼らしい。

冬花が攻撃してこないとわかるやいなや、見越入道はすっかりおとなしくなった。大きさも小柄な僧の姿に戻ってしまっている。

「父ちゃん！」

見越入道に豆腐小僧は抱きついた。

そこでやっと豆腐小僧の存在に気づいたらしい見越入道は、目を見開きながらも胸に飛び込んできた息子に手を伸ばす。

「豆腐小僧か！」

「うん！　探したんだよぉ！」

頬ずりをする二人は、どこからどう見ても普通の人間だ。見越入道がその怪異の特性故にか少し年はくっているものの、人間の親子に見える。

「父ちゃん、本に戻ろう！　僕、戻りたい」

「一度入ってたならわかると思うけど、そう悪いところじゃないと思うぞ」

豆腐小僧は訴え、昴も援護射撃をする。

しかし、見越入道は頑なな表情のまま、首を縦には振ってくれない。

「断る。本の中は穏やかだ。しかし、所詮は人の管理するモノ。わしはもう人に関わりたくない」

「……父ちゃん」

「わしが関わると決めた人は大将だけだ。ほかの人間には関わりたくない。関わらないと決めたんだ。だからこうやって山の中にこもっていたというのに……」

豆腐小僧は見越入道を人見知りと言っていたが、これは『人見知り』というより『人嫌い』という方が近い気がした。

昌磨は眉を寄せる豆腐小僧の肩を指先で叩いた。

「見越入道が言う大将って誰のこと？」

「さっき話した、ぬらりひょんのことです」

「え!?　でもぬらりひょんって人じゃなくて怪異じゃ……」

「怪異なのか、人なのか、よくわからない存在だったんですよ。『怪異のように振る舞う人』というのが正しかったのかもしれません。だって彼が死んだ後、何年経っても代替わりは行われなかったらしいですから」

代替わりが行われるか否か。それが怪異か人かを決めるのならば、彼は確かに人だったのだろう。

多くの怪異を侍らせていた、ぬらりひょんという怪異の名を持つ人。彼はどんな人間だったのだろうか。

「見越入道がぬらりひょんにしか関わりたくないというのはわかった」

見越入道はまっすぐに昌磨を見た。

「でも、誰にも最初はあるもんだろ？　そのぬらりひょんとお前は最初から仲がよかったのか？」

「……何が言いたい？」

「だから、もしできるのなら俺とも同じ方法で仲良くなれないかなぁって……」

見越入道は大きく目を見開いた。そして、倍に身体を膨れ上がらせる。大きく膨らんだ身体から空気が抜けるように、彼は笑い出した。

「がははははっ！　笑止千万！　お前が、大将と、同じ方法で⁉」

人見知りとは思えない豪快な笑い方だ。

やはり彼は人嫌いだと思った方がいいだろう。

見越入道は口の端をにやりと引き上げた。

「あいわかった。それができたのなら、大将同様お前とも関わってやろう。ついでに本にだって戻ってやる」

「えっと、その方法は？」

「簡単だ」

見越入道の身体が透け始める。そして、端からぱらぱらと崩れ、灰のように散っていく。

「この祭り会場の中からわしの本体を見つけ出せ。それを見事壊すことができたのなら、わしはお前を認めよう」

「できなかったら？」

「できなかったら？　そうさな。頭からお前を喰ってやろうか」

最後は頭だけが残る。

「制限時間は、この祭りが終わるまでだ」

そう言い終わると同時に、見越入道の姿はその場からかき消えた。

「で、その賭けにのったんだ？」

「はい」

やっとこさ寺まで上ってきた天童に、昌磨はなぜか叱られていた。仁王立ちをする天童の前に昌磨は正座をしている。その下にはもちろん何も敷いてはいない。直、地面である。

「どうして、そこで賭けをするかなぁ。大体、その前に捕まえなよ」

「いや、手元に収集録ありませんでしたし、あったとしてもどうしたらいいのか知りませんし」

正直、遅れてきたやつに何も言われたくはなかったが、自分でも馬鹿な賭けをしてしまったと思っているので、言いたいことは全部のみ込む。

ちなみに冬花は「天童さん来たんだからもういいですよね？　では！」と祭りの喧噪に戻っていった。天童探偵事務所での彼女の役割は、あくまで事務らしい。

天童は呆れたように肩をすくめる。

「見越入道なら有名な文句があるだろう」

「有名な文句？」

「『見越入道、見越した』ってやつ。襲われた人がこれを言うと、見越入道を無効化できるんだよ。何？　知らなかったの？」

「自分の知識をさも当然のものとして扱わないでください！」

「ええ。常識でしょ」

「どこら辺が常識なんですか」

怪異の専門家としては常識なのかもしれないが、こちとらまだ半人前どころか四分の一人前にもなっていない状態だ。そんな偏った常識を押しつけないでもらいたい。

ここまで上ってくるのに疲れたのか、天童はぐぐーと背筋を伸ばした。

「ま、いいか。怪異は基本的に約束を破らないものだし」

「そうなんですか？」

「うん。昌磨が本当に見越入道の正体を見抜いて、それを壊すことができれば、きっと約束は守られるよ。……ってことだから、頑張って」

「へ？」

あまりにも人任せな言葉に昌磨はぽかんと口を開けた。

「何？　手伝ってもらえると思ってたの？　ダメだよそれは。俺が見つけたら見越入道はきっと納得しない。ちゃんと約束をした昌磨が見つけないと」

「えぇ……」

そうは言ったが、確かに約束したのは昌磨と見越入道だ。ここで天童が割り込んできたら、納得するものも納得してくれなくなるだろう。

それに、決闘するのならまだしも、これはかくれんぼである。見つけるだけなら昌磨一人でもまだなんとかなるかもしれなかった。

「大丈夫。今回は帰ったりしないから。ちゃんとここで待っているよ」

昌磨は辺りを見渡した。ここで待つというのはどういうことだろうか。見越入道を見つけた後、ここまで天童を迎えに来なくてはならないということだろうか。だとしたら、すごくめんどくさい。

「んー。でも、昌磨は思ったよりも素人みたいだから、一つだけヒントをあげようかな」

天童はいつもの人を食ったような笑みを浮かべながら、指を一本立てる。

「見越入道は人嫌いゆえに、人と目線を合わせるのがいやなんだろう？　それなら、周りをよーく見てごらん。昌磨なら気づけるはずだ」

◆◇◆

「あの人、絶対いろいろ知っていて黙ってるよな」

「まぁ、そういうやつだからな」

昌磨は昴を肩に乗せたまま、祭りの賑わいの中を歩いていた。

豆腐小僧は天童と一緒に寺で待機している。もし何か荒事になった場合、何もできない豆腐小僧は足手まといになってしまうからだ。

「なんか怪しいものがないかと思って見ているけど、その怪しいものが何かわからないから、結局どうしようもないんだよなー」

「さっきみたいに気配ではわからないのかよ」

「いや、あのときも何で気配がわかったのか、よくわかんないし……」

あれはいわゆる勘と同じようなものだ。

意識してやったことじゃないし、狙ってできるようなものでもない。

「もしかしたら、オレたちと関わるようになったから、お前がそういうのに自然と敏感になっちまったのかもな」

「そういうもん？」

「オレもその辺はよくわからん」

どうやら適当に言ったらしい。

しかし、その昴の説が正しいのだとすると、これからどんどん昌磨は怪異の気配に敏感になっていくのだろうか。

そんな怪異限定の高機能探査機になってしまった暁には、天童にどう扱われるかわかったもんじゃない。今でさえも良質な餌扱いなのだ。想像するだけで恐ろしい。

昌磨はかぶりを振って思考を切り替えた。

今は恐ろしい未来予想図よりも、見越入道を見つけるのが先だ。

「見越入道の正体を〝壊す〟のがゴールってことは、正体は壊せるような物なんだろうけど、問題はそれが何かってことだよな」

「天童の言ってたヒントはわかったのかよ」

「うーん。正直、わからない」

昌磨は天童のヒントを、もう一度頭の中で反芻させた。

『見越入道は人嫌いゆえに、人と目線を合わせるのがいやなんだろう？　それなら、周りをよーく見てごらん。昌磨なら気づけるはずだ』

「目線を合わせるのがいや、ねぇ……」

そこで昌磨ははっとする。

「なぁ、昴。見越入道が大きくなるのは、目線を合わせないため、なんだよな？」

「豆腐小僧の話だとそうなるな」

「つまり、見越入道は人より目線が高い方が安心するってことだよな？」

自分の目線より上を注視する人間はなかなかいない。

それは通り魔の一件からも実感していた。

みんながみんな上ばかり見て歩いていたのなら、昌磨は上空から通り魔を見つけるなんて芸当はできなかった。

「なら、探すなら普段の視界より上ってことだ」

「上って、何もないぞ?」

昴が顔を上に向けたのに倣うような形で昌磨は上を向いた。

「上、上……見つけた!」

「へ?」

「昴、あれ!」

「提灯?」

そこには列をなす提灯があった。

しかし、一つだけなぜか色が違う。

赤色の提灯が並ぶ中、その白地の提灯はどこか少しだけ浮いているように見えた。

昌磨はそこで見越入道が持っていた提灯も白地だったことに思い至る。

「あれが——あっ!」

指を指した瞬間、提灯がまるでボールのように跳ねた。そして、人気のない方に転がっていく。

「まずいぞ! アイツ『壊すまで』って言ってただろう? このままじゃ壊すまでに逃げられる!」

「かくれんぼじゃなくて、隠れ鬼ね。大丈夫。得意だった！」

昌磨は提灯を追い、また森の中へと飛び込んだ。

◆◇◆

皮肉にも、提灯は先ほどの寺に向かって逃げているようだった。そこで、天童がなぜあそこで待つと言い出したのかを知る。彼はこうなることを読んでいたのだ。

考えてみれば人嫌いの見越入道が、あんな人の多いところで顕現するはずがない。するのならばやはり人がいないところ……ということになるのだろう。

提灯の逃げ足は案外速かった。ついていけないというわけではないのだが、すぐに捕まえられる速度でもない。

肩にいる昴は昌磨をのぞき込む。

「オレが捕まえてこようか？　その方が楽だろ？」

昌磨は少し考えた後、わずかに首を振った。

「いい。これは俺が一人で捕まえないと意味がないものだと思うから」

「そうか？」

「多分」

昴は「ふーん」と、納得したような声を出した。

昌磨だってできることなら手伝ってもらいたかったが、天童の言う通り、これは昌磨と見越入道の約束事だ。できるだけ他者は入れるべきではないだろう。

そうこうしている間にも、昌磨は提灯との距離を詰めていく。

そしてとうとう、寺に行くまでの少し開けた場所で、昌磨は見越入道を追い詰めた。木の後ろに隠れた提灯を守るような形で、見越入道がその場に現れる。

「……見事だな」

怒っているわけではないが、悔しそうな低い声が彼から漏れた。

昌磨はじりじりとにじり寄る。

「もう、勝負はついたぞ。見越入道」

「いや、まだだ」

見越入道はどんどん大きくなっていき、やがて、昌磨の五倍はあろうかという大きさまで膨れ上がった。

「え？　えぇ⁉　なんで‼」

「わしが邪魔をしないというルールはなかった」

「はい⁉」

動揺が隠せない。確かにそんなルールはなかったが、邪魔するだなんて聞いていない。

見越入道は昌磨に向かって腕を振り下ろした。

「ちょっ！」

すんでのところで避ける。昌磨の背後にあった木が彼の拳でなぎ倒された。怪力にもほどがある。

「ちょ、ちょっと待てっ！　ルール違反じゃないけど、これはルールにはなくないか⁉」

「うるさい！」

もう一振り。右から左へ薙《な》ぐように繰り出された拳は木々を次々と折っていく。鳥がざわめき鹿が飛び退いた。

さすがの物音に、祭りの喧噪も別の意味で騒がしくなる。「雷か？」なんて声も聞こえるぐらいだ。

（まずい。このままじゃ……）

命の危険を感じ、昌磨は顔の輪郭に汗を滑らせた。

「おい！　見越入道！　いい加減にしろよ‼」

昌磨の肩で昴はそう騒ぐが、見越入道はチラリと見ただけで、またこちらに拳を振り下ろす。

昌磨はかろうじて避けたが、地面がえぐれる。飛んできた石が頬に当たり、皮膚を裂いた。

「――っ！」

「うるさい！　わしがルールだ！」

「それじゃ……」

その声は凜と響いた。声は見越入道の方からする。

見上げれば、見越入道の頭上に誰かがいた。

「俺が邪魔してはいけないというルールもないよね」

彼の頭の上には天童がいた。

いつも通りの人のよさそうな笑顔が、頭上からの月の光を浴びて、なんだか妖艶に映る。顔の上部に影を作り、彼はガンッと乱暴に見越入道の頭を踏んだ。

「せっかく昌磨が真摯に向き合っているのに、変な口ごたえで台無しにするんじゃないよ。まったく」

天童はその場で収集録を開いた。

「不知火《しらぬい》」

彼がそう呟いた瞬間、見越入道の足下から水があふれ、次に炎が上がった。その炎はあっという間に見越入道の身体を包む。もちろん、上に乗っている天童も一緒にだ。

「うわぁぁあぁぁ！」

叫び声を上げながら、見越入道はのたうちまわる。身体は一回り小さくなった。

天童は軽い身のこなしで昌磨の近くに降り立つと、また収集録を開いた。

「小鬼《しょうき》」

次は、小さな鬼の集団が現れた。

数十匹の小さな鬼が、それぞれに刀や鍬など、武器を持っている。天童はまるで指示をするようにその長い指で見越入道を指した。その顔に感情は見えない。

「行って」

集団は見越入道に殺到する。鬼の刀が容赦なく見越入道の身体を裂いたところで、昌磨ははっと我に返った。

「ちょ、ちょっと待ってください！　天童さん！」

「ん？」

「俺、一人でやりますから！　退かせて！　あの物騒な集団、退かせてください!!」

「昌磨がそう言うのなら退かせるけど、また邪魔しに来ると思うよ？」

「そ、それならそれで仕方がないです!!」

見越入道は半分ほどの大きさになっていた。冬花と戦った時の疲れも残っているのだろう、身体中についた生傷が痛々しかった。

天童は本を閉じる。すると、見越入道の身体を包んでいた火も消え、小鬼たちの姿もかき消えた。

立ち上がった見越入道は、それでも昌磨の二倍以上の大きさはあった。普通に考えれば勝つ見込みはない。

「見越入道！　今からは正々堂々と勝負だ！　俺はその提灯を潰す！　お前が防ぐ！　いいな？」

「……やれるものならやってみろ」

昌磨は駆け出した。馬鹿正直に正面からつっこんでいく。

「馬鹿が」

彼を捕まえようとしているのだろう、見越入道は手を広げた。

「――っ！」

「なっ!!」

昌磨は彼の股の下をくぐるように、スライディングをした。先ほどまで水があった彼の足下はぬかるんでいて、滑りやすい。

泥水を切るように昌磨は進み、彼の背後に回った。

そして、その木の後ろにある提灯を見つける。

「せーのっ！」

「やめ――‼」

昌磨は提灯を足で潰す。瞬間、見越入道も弾け、元の人の大きさに戻ってしまった。

◆◇◆

「ほらよ」

「ごめん、昴。お使いみたいなことさせて」

「それは気にしなくていいから、とりあえずさっさと着替えろよ。ドロドロじゃねぇか、お前」

昌磨はから笑いをしながら、昴が取ってきてくれた服に着替える。元着ていた服は、泥水を吸って重く、茶色くなっていた。

彼らの背後では見越入道がうなだれていた。

隣には心配そうにのぞき込む豆腐小僧の姿もある。

「父ちゃん」

「そんな不満そうな顔を浮かべてないで観念したら？」

二人の前には収集録を持った天童の姿。

抵抗する気はないが、渋っている様子で見越入道はあぐらをかいていた。

「父ちゃん。本に戻ろう？」

「しかし、まだうちのが……」

「もしかして父ちゃん、母ちゃんのこと心配してるの？」

豆腐小僧の言葉に見越入道はピクリと反応する。

前に、昌磨は昴に本の中のことを聞いたことがある。

本の中には怪異が溢れており、街のようなものが形成されているのだという。居心地はいいらしく、過ごしやすいとのこと。

しかし、中にいる怪異が膨大すぎて、怪異同士でもはぐれてしまうことがあるらしい。しかも一度はぐれるとなかなか再会するのは叶わないというのだ。

もしかしたら見越入道は『本に戻るのならばみんな一緒に……』と考えているのかもしれなかった。

「大丈夫だよ。母ちゃんはずっと父ちゃんのこと……」

豆腐小僧が父の腕を揺すり、説得を試みようとしたその時――……

「アンタァ!!」

誰かの声が聞こえたかと思った瞬間、見越入道は横に吹っ飛ばされた。

あまりの出来事にびっくりして、昌磨は目を瞬かせる。見てみると、女の人が見越入道の胸ぐらを掴み、倒れている彼の上に乗っかっていた。

綺麗な女性だった。長い髪の毛にはウエーブがかかっていて、ワンピースの上からでもわかるぐらいスタイルがいい。しかし、よく見ると彼女の首には紫色の痕があった。

まるで首を絞められたかのようなその痕に背筋がぞっとする。見た目の特徴が、数日前に大和から聞いた六甲八幡神社に出る女の幽霊にそっくりだったからだ。

「いつまで、こんなところに隠れてるんだいっ‼　探したんだよ‼」

女性の首がするすると伸び、見越入道の首を絞め上げた。

「ぐ、ぐぅ……」

「本当にもう！　心配したんだからね‼」

「母ちゃん！」

「あぁ！　豆腐小僧！」

首を伸ばしたままの母と子の再会は、父の上で行われた。

「え？　ろくろ首《くび》？　親子？」

「おや。ろくろ首は知っているんだね」

動揺する昌磨に天童はにこやかな顔で応じた。

「ろくろ首と見越入道は夫婦で、その子供が豆腐小僧だというのは、結構有名な話だよ。豆腐小僧からろくろ首の話を聞かないと思っていたら、手分けして人見知りの父親を探していたんだね」

「はぁ……」

「ちなみにあの首の痕は絞められたわけじゃなくて、ろくろ首の特徴の一つだよ」

「……天童さんって心が読めたりするんですか？」

「まさか。覚《サトリ》でもあるまいし」

天童は肩をすくめた。

ろくろ首は豆腐小僧をこれでもかとだきしめる。

「もぅ、人に頼りに行くなんて言うから、どうなったのかと心配したよ！」

「ごめんね、母ちゃん！」

感動の再会は未だ父の上で続いていた。

見越入道が気を失っているように見えるのは気のせいだろうか。


「本当にお世話になりました」

一番に頭を下げたのは豆腐小僧だった。ろくろ首も頭を下げている。かかあ天下がバレたのが恥ずかしいのか、見越入道は少し赤ら顔で鼻の頭を掻いていた。

天童は本を開く。

「んじゃ、本にー……」

「天童さん、ちょっと！」

「何？」

止めた昌磨に天童は怪訝な顔をする。

「本に収めるの、後十分だけ待ってもらえませんか？」

「……なんで？」

「十分待ったら花火が上がるんです。今本に収めたら、花火が見られなくなるので！」

「昌磨さん！」

感動したように声を上げたのは豆腐小僧だ。

「みんなで花火、見たかったんだよな？」

「はい！」

「……ま、しょうがないか」

豆腐小僧の嬉しそうな様子を見て、天童も本を閉じた。

そのとき、昌磨のポケットに入っていたスマホが鳴る。

見れば、そこには『鴛頭朋美』の文字。届いていたメッセージには、『祭りのメイン会場の隣の駐車場で待っています。時間ができたら寄ってください』とあった。

昌磨は階段の方へ走る。

「すみません。俺、ちょっと行ってきます！」

「見越入道を見張ってなくてもいいの？」

「怪異は約束を守るものなんでしょう？　なら、信用しています！　ちょっと急ぐので、俺はこれで失礼します！」

そう言って、昌磨は少しもためらうことなく駆け足で階段を下りていってしまった。

残されたメンバーに沈黙が落ちる。

その沈黙を最初に破ったのは、先ほどまで拗ねていた見越入道だった。

見越入道は地面を震わせるような大声で笑った。

「はっはっは!!　わかった、アイツだ！」

「父ちゃん？」

「やはり大将は怪異だったのだ！」

その言葉に天童は目を眇める。

「しっかり代替わりしておるじゃないか！　すべてのことが馬鹿馬鹿しくなるほどにそっくりだ！　のう、天童」

天童は彼の問いに答えることなく、ため息をついた。

「俺は昌磨みたいに甘くないからね。花火が終わったらすぐに収集させてもらうよ」

「お前がまさか大将の本を引き継いでおろうとはな」

「不満？」

「いや、不満に思うほどわしはお前を知らん。会ったのも数回だろう？　それに、大将がお前を選んだのなら、それにわしがどうこう言うことはできん」

甲高い笛の鳴るような音が響いた。

そして、暗闇を裂くように大輪の花が咲く。

「父ちゃん、母ちゃん、あれ！」

見越入道は、はしゃぐ豆腐小僧の頭を撫でた。その瞳に花火が映る。

「今日は散々な一日だった。しかし、なぜか気分がいい！」

「そう」

興味もなさそうに天童はそう答える。

「天童、昌磨に一つ伝言を頼まれてくれるか？」

花火の破裂音が遅れて届く。

また夜空は色とりどりに染まった。

「わしの名と、それを呼ぶ権利を――」

◆◇◆

その頃、昌磨は朋美と向かい合っていた。

花火を見ていない二人の間に微妙な緊張が満ちる。

昌磨は落ち着かない様子で額に冷や汗を浮かべていた。何を言われるのか、想像もつかない。

朋美は唐突に昌磨の服の端をぎゅっと掴んだ。

そして、頬を染めながら彼を見上げる。

「昌磨くん、お願い……」

潤んだ瞳に、必死さをにじませた声。

先ほどまでは絶対にあり得ないと思っていたのに、急に喜宏の言葉が耳の奥で蘇った。

『付き合ったら教えろよ』

（いや、まさかそんなはずは……）

朋美の顔色が移ったかのように昌磨の頬も赤くなる。心臓の音が急にうるさく聞こえ、汗が噴き出した。

朋美はさらにぎゅっと昌磨のシャツを握りしめる。

「私を助けて！」

第三章　海の家

横顔を花火に照らされながら、彼女は必死の形相で昌磨に訴えていた。

『このままじゃ、大変なことになっちゃうの。お客さんはたくさんいるのに、人手は全く足りないし！　お願いしていた子は急に病気になっちゃうし！　昌磨くんはバイト経験も豊富で、接客業にも慣れているって聞いて。もし時間が空いていたら力を貸してもらいたくて！』

『ちょ、どういうこと⁉』

『お願い昌磨くん！　おばさんの海の家、手伝って！』

すがってきた彼女に、昌磨は頬を引きつらせながら『海の家？』とオウムのように返した。


それが一ヶ月ほど前の話……


「……で、バイトを頼まれたと」

「そう」

夏休み前最後の講義を終わらせた昌磨は、筆記用具と参考書をいつものリュックに収めた。両隣にいるのは大和と喜宏、こちらもいつもの二人である。

話を聞いて胸をなで下ろしたのは大和だった。

「はぁ、でも安心した。朋美ちゃんが昌磨なんかとくっつかなくてー」

「あのなぁ。最初から違うって言ってんだろ？」

「でも、呼び出されたときは、さすがにちょっと期待したんだろ？」

「……うるさいなぁ」

まったく期待していなかったと言えば嘘になる。彼女の赤らんだ頬を見た瞬間、『もしかして……』なんて思ってしまったのも事実だ。

けれど現実はいつだって想像のようにうまくいかないものである。

「明日から一週間、海の家に泊まりがけなんだろ？」

「うん、そう。三食おやつ付き」

「そういえば聞こえはいいかもしれないけど、朝から晩まで働きづめだぞー！」

「まぁ、そういうもんだろ。こういうバイトって」

明日から講義もなく、大学特有の長い長い夏休みが始まる。

昌磨の夏休みの予定は一にバイト、二にバイト。三、四も変わらず、五もバイトである。夏休みは小学生や幼稚園の子供を持つパートさんがいつものシフトに入れなくなるので稼ぎ時なのだ。色気？　そんなものはない。

心配だった成績も、お守りのおかげか前と同じレベルにまで回復していた。来期の奨学金もおそらくは大丈夫だろう。これで心置きなくバイトに励めるというものである。

二人が帰り支度をしているというのに、大和は未だ机に参考書を投げ出したまま足をぶらつかせている。

「おばさんの海の家なのに、朋美ちゃんはバイトしないんだなー」

「ほしいのは男手らしいからな。それに、去年鷲頭さんが手伝ったとき、相当面倒くさいことになったらしくて……。今年は吉野《よしの》さんの方でストップかけたらしい」

吉野というのは朋美のおばさんの名前だ。

去年の夏、朋美は海の家を手伝ったらしいのだが、その容姿とおっとりとした性格からナンパが絶えず、客の男からはセクハラまがいの行為も受けたのだという。

「うへぇ。そういうやつ、最悪だな」

大和は舌を出すようにしながら、げんなりとした表情を浮かべる。女と噂が大好きな適当男だが、意外にもこういうところは紳士だったりするのだ。

「だから、今年のバイトは男を多めに雇っているらしい。力仕事も多いしな」

喜宏はいっこうに帰り支度を始めない大和の荷物を、彼の鞄に収め始める。なんだかんだといいつつ面倒見がいい。

「ところで、天童さんは一週間もバイト休んでもいいって？」

「あぁ、うん。面白そうだから行ってこいってさ」

「適当だなぁ」

「あの人はいつも適当だよ」

自分がいない間に怪異が出たら……と思わないでもないが、泊まりがけでこれだけ時給のいいバイトもあまりない。借金返済のためにも、今回はこちらを優先させて貰った次第だ。

夏休みの間に少しまとまった貯金を作って、夏休み明けに備えておきたい。

「あ、そうそう、昌磨が仕事に慣れたぐらいの頃で、俺たちも海水浴企画しているから、よろしくな！」

「はぁ!?　バイト先に来るのかよ？」

「だってあそこの海水浴場がここから一番近いんだもん。しかも、今回も納涼祭りと同じように女の子も呼んだんだぜ！　いいだろう？」

大和は胸を張る。

納涼祭りに天童《イケメン》を連れてきたことが評価され、女性たちの間で彼の株はうなぎ登りになっているらしい。なので、今回の海水浴企画も成立したようだった。

「夏と言えば海！　海と言えば水着美女‼」

「……もう、勝手にすれば」

どうせ止めたって聞きやしないやつらだ。昌磨はため息交じりにそう答えた。

三人はようやく立ち上がる。もう教室には三人以外誰もいなかった。

「じゃ、日程決まったら連絡するな！」

「連絡しても遊べないぞ！　俺、バイトなんだからな！」

「わーってるって！」

「了解、了解！」

絶対にわかっていない様子で笑う彼らに呆れつつも、昌磨は海の家のバイトに少し胸を躍らせていた。

◆◇◆

「昌磨、励んでる？」

「……なんでここにいるんですか、天童さん」

数日後、海水浴にやってきたメンバーに見知った人物を見つけ、昌磨は頬を引きつらせた。

彼は水着の上から長袖のラッシュパーカーを羽織り、こちらに向かってひらひらと手を振っている。

日に焼けたことのないような白い肌が真夏の海岸で浮いていた。なんというか、不似合いである。

昌磨のバイト先である海の家は、二階建ての大きなペンションを改造したような造りになっていた。一階部分の屋根はござのようなもので引き延ばされており、その下には木でできたお手製の椅子が並んでいた。建物の横では浮き輪やパラソルの貸し出しもやっている。

バイトは昌磨を含めて四人だった。男性三人に女性一人の構成である。それ以外に店長の吉野とその旦那さんがいた。

「天童さんは、俺が誘ったんだよ！」

天童の後ろから顔をのぞかせた大和がそう言う。

祭りのときとは打って変わって上機嫌だ。

「……なんで……」

「ほら。イケメン呼んどけば、俺の株が上がる！　俺の株が上がる、それはすなわち、出会いが増える!!」

馬鹿丸出しの論理にため息が漏れた。

「ま、常識的なことを言うと、俺たちってほとんどが未成年だろ？　大人を一人連れてた方がいいって判断になったんだよ。親父もその辺安心できるからそうしろって」

大和をフォローするような形で喜宏が口を開く。

彼の父親は警察官だ。職業柄、若者のイベントにはついつい口うるさくなってしまうらしい。

「それに、天童さんって面白いし、頼りになるし！」

「なんだかんだ言って面倒見がいいしな！　あと、かっこいい！　見習いたい!!」

二人は口々にそう言う。

思ってもみない天童の高評価に昌磨は怪訝な顔つきになった。

（いつの間に仲良くなったんだよ……）

三人とも明るく社交的だが、まさか個人的に連絡を取り合うようになっているとは思わなかった。昌磨のときのように天童が無断でスマホの番号を入手したわけではないだろうから、仲良くなったのは納涼祭りのときだろう。

「昌磨くん！」

そう名を呼びながら、駆け寄ってきたのは朋美だ。

どうやら彼女も大和に誘われた口らしい。

白いビキニに、長い手足。きめの細かい肌が太陽の光を反射させる。大変、目のやり場に困る姿だ。

やましいことなど一つも考えていなくても、思わず目をそらしてしまう。

彼女は深々と昌磨に腰を折った。

「今回はごめんね？　お昼になったら私も厨房で手伝うから！」

「いいよ。こっちはなんとかなるから、鷲頭さんは遊んでいなよ」

「でも……」

「大丈夫。貰うものはしっかり貰うつもりだから！」

昌磨は人差し指と親指でお金のサインを作る。

それまで申し訳なさそうに眉を寄せていた朋美だったが、彼の様子にぷっと噴き出した。

大和が昌磨の肩を叩く。

「相変わらず、がめついなぁ」

「がめついって言うな！　労働の対価だから当たり前だろ！」

「よ！　苦学生！」

「それ、褒め言葉じゃないからな！」

三人のやりとりが面白かったのか、朋美はまだおかしそうに笑っている。

「ふふふ。それじゃ、バイト代はずんどいてっておばさんに言っておくね！」

「それはよろしく！」

「うん」

そのとき「朋美ー！」と彼女の背後で声がした。見れば、大和に呼ばれたであろう彼女の友人たちが海に浸りながら朋美を手招きしている。

朋美は「じゃ、よろしくね」と頭を下げて、友達の方へ走っていった。走り去る背中までもまぶしい。

昌磨は両脇の友人たちの背中を叩いた。

「ほら、お前らも遊んでこいよ！　こんなところで話し込むために海に来たわけじゃないだろ？」

「そうだな！」

「行くか！」

「楽しんでこいよ！」

走り去っていく二人を昌磨は見送った。彼らはしばらく昌磨に手を振っていたが、やがて人混みに紛れるような形で見えなくなってしまった。

「それじゃ、俺はバイトを頑張りますか！」

大和たちがバイト先に来ると言ったときは、正直面倒というか、億劫に感じていたが、こうして本当に来てくれると少し楽しくなってくる。

今日はいつもより気合いが入りそうだった。

その時昌磨は一人椅子に座る天童を見つけた。

「あれ？　天童さんは行かないんですか？」

「ま、俺は保護者枠だからね。そもそも、海あんまり興味ないし」

「じゃあ、なんで断らなかったんですか？」

納涼祭りでの浴衣姿は似合っていたが、彼には白い砂浜も青い海も似合わない。本人も全く楽しそうにしていなかった。

ここにいるくらいならクーラーの効いた事務所でドラマでも観ていたいとでも思っているのだろう。

天童は目の端で海を一瞥する。

「水辺にはね、怪異が多いんだよ。だから、ちょっと昌磨のことが心配になってね」

「天童さん……」

昌磨は感動したような声を出してしまう。

(なんだかんだ言って、天童さんって優しいんだよな)

通り魔のときも知らないと言いながらヒントをくれたり、見越入道に襲われたときもなんだかんだと駆けつけてくれた。

大和や喜宏も言っていたが、天童は結構面倒見のいい性格なのかもしれない。

昌磨の胸は熱くなる。しかし――

「それと、こういう暑いところで食べる冷たいものって最高だよね」

（あ、こっちが本音だ）

高まった気持ちが一気にしぼんでいく。ちょっとでも感動した自分が馬鹿だった。

「ってことで、ソフトクリーム一つ。あと、かき氷と、冷凍フルーツの盛り合わせとラムネね」

「……おなか冷やしますよ」

「大丈夫。砂糖は身体を温めてくれるらしいから」

「なんですか、その揚げたらカロリーゼロみたいな謎理論」

そう言いながらも、昌磨はポケットにつっこんでいた伝票に先ほどの注文内容を書き込んでいく。

「そういえば、天童さんはお酒飲まないんですか？　ビールぐらいならありますよ」

二十歳は過ぎているだろう彼にそう気を遣えば、天童は苦笑いでかぶりを振った。

「お酒はいいよ。昔ちょっと失敗しちゃってね。それ以来、飲まないようにしてるんだ」

「へぇ。天童さんでも、そういうことあるんですね」

意外な事実である。なんとなくだが、そういうところはきちんとしているようなイメージがあった。

そのとき、つり下がっていたテレビから、多発する水難事故のニュースが流れてきた。

高校生の集団が川に流され、その後死体で発見されたらしい。キャスターは川に入るときの注意事項をさらりと読み上げてから、次のニュースに移った。次のニュースも水難事故である。今度は海だ。

「こういうのを見ると気が滅入るねぇ」

一人の女性がテレビを見上げながら痛ましそうにそう言った。朋美の叔母である吉野だ。まさに海の女という感じの彼女は、全身まんべんなく日に焼けていた。頭に巻かれているタオルも、彼女を勝気な海の女に見せることに一役かっている。

「怖いですよね」

「ここら辺でも、最近立て続けに人が海にさらわれてるからねぇ。もう時間が経ってるから生きちゃいないと思うが、親御さんのことを思うと、ご遺体だけでも帰ってきたらいいのにと思っちまうよ……」

「店長、お客さんが怖がっちゃいますよ」

「おぉと、そうだね」

吉野に声をかけたのはバイトの美貴《みき》だ。年齢は二十代半ばほどで、フリーターをやっているらしい。四人のバイトの中で紅一点の存在だ。

彼女が動くたびにふわふわのポニーテールが頭上で跳ねる。海の家でのバイトは初めてのようで、手つきにはたどたどしいところもあるが、そのたどたどしさにも、華があった。

朋美とは違った意味で男性にモテそうな女性である。

「ごめんなさいね。せっかく楽しみに来てくれたのに……」

「いえいえ」

謝る美貴に天童は柔和な表情で首を振った。

彼女はテレビのチャンネルを変えると、客に呼ばれパタパタと走り去っていった。

◆◇◆

「昌磨、休憩だぞ！」

「はーい」

バイトリーダーである高井《たかい》の号令で昌磨は休憩に入った。時刻は十四時過ぎ。お昼の猛烈なピークは脱した時間帯だった。

「まかないは適当に！　遊びに行ってもいいが、一時間したら戻ってこいよ」

「わかりました！」

友人が来ているのを知っているのか、高井はそう気を遣ってくれる。

一瞬、大和たちと合流しようかとも考えたが、彼らは彼らで楽しそうにしているので気が引けた。

それに疲れた身体に鞭打って海に入りたいとも思えない。

（そういえば天童さん、どこ行ったんだろう？）

先ほどまで彼が座っていた場所はいつの間にか空になっていた。

昌磨はまかないにと用意されていたサンドイッチを手早く食べると、天童を探しに海の家を飛び出した。


天童を見つけたのは、荒波打ち付ける岩場の近くだった。彼は岩場をのぞき込みながら、水を掬ってその色を確かめたりしている。どうやら何かを探しているようだった。

「天童さん！」

「あぁ、昌磨。どうしたの？　休憩？」

昌磨の呼びかけに天童は顔を上げる。

「はい。天童さんは何してるんですか？」

「さっき店長さんが言っていた水難事故の話が気になってね。ちょっと調べていたんだ」

「水難事故？」

先ほど吉野が言っていた、立て続けに人が海にさらわれているという事故のことだろう。

「もしかして、怪異の仕業じゃないかって話ですか？」

「そう。まぁ、まだ可能性ってレベルだけど」

何かを見つけたのか、天童は潮だまりに手を伸ばした。そして、〝何か〟をつまみ上げる。

「さっきも言ったように、水辺には怪異が多いんだよ。水辺と怪異は性質が似通っているからね」

「性質？」

「その時々によって形を変える様も、漂い方も、いつもそばにあるのに、時に人を襲うところもそっくりだ。だから怪異は水辺にひかれる。同族嫌悪ならぬ、同気相求ってやつだね」

天童は岩から岩に飛び移りながら、続ける。

「昌磨だって、風呂場で頭を洗っているときや、怪談番組を見た後のトイレがどうしようもなく怖く感じたことがあるだろう？　あれは多分に、怪異の気配を感じたときに起こるものだ」

「そうなんですね」

「ま、そのほとんどは力のない無害な怪異によるものだけれどね。そう考えると人のシックスセンスは侮れないものがあるよね。あんな弱くて小さな気配を感じてしまうことがあるんだから。……そういえば、ちゃんとお守りは身につけている？」

「あ、はい。もちろんです」

Tシャツの下に提げていたお守りを引っ張り出した。それを見て、天童は満足そうに頷く。

「水辺に赴く場合、そのお守りは絶対につけていないとダメだよ。昌磨みたいに美味しそうな餌なんて、こういうところでは毒にしかならない」

「餌って……」

改めて自分のポジションを認識させられたような気になる。わかってはいたが、昌磨を雇ったのはやはり怪異をおびき出すためらしい。

「前々から思っていましたけど、俺ってそんなに怪異から見ていいものなんですか？」

「いいものというか、居心地がいいというか。怪異にとって見える側の人間っていうのは、それだけ自分の存在を世に知らしめてくれる相手ってことだからね。だから昌磨のことは本能で襲ってしまうし、怖がらせようとしてしまう」

「でも、天童さんは怪異から嫌われているんですよね？」

同じ見える側の人間なのに天童には怪異が寄りつかない。昴や豆腐小僧のように一度顔を合わしている相手ならば別だが、初見さんはほぼお断りといった感じだ。

事務所もそうだが、一緒に歩いていると普段なら見かける小さな怪異も途端に姿を現さなくなってしまう。まるで、怪異にとって嗅ぎたくない匂いでも発しているかのような嫌われっぷりだ。

「嫌われているというか、怖がられているというか。俺は専門家だからね。怪異も自分のことを害する可能性がある相手というのはわかるんだろう。比較的強い怪異は関係なく寄ってくるしね」

「そういえば、冬花ちゃんにも怪異は寄っていかないんですよね」

思い出したのは彼女との最初の出会いだ。

小さな怪異たちに囲まれて困っていた昌磨を、猫の姿をした彼女は助けてくれた。お礼にと弁当に入っていた唐揚げを渡したが、正直あのときのお礼はあれでは足りなかっただろう。見越入道のときも助けてくれたし、どこかの段階でちゃんとお礼をした方がいいかもしれない。

「猫又は強い怪異だからね。強い怪異に弱い怪異は勝てない。だから、寄りつかないんだよ」

「へぇー」

また一つ賢くなった昌磨である。

将来に役立つ知識なのかと聞かれれば首をひねるほかないが、世の中不必要な知識なんてそうそうないものだ。

「で、水難事故の件、何かわかりましたか？」

それた話を修正する。

天童は先ほど拾ったという、あるものを昌磨に見せてくれた。

「これ、なんだと思う？」

「えっと、毛？」

そこにあったのは動物の毛のようなものだった。短くて硬い繊維が数本束になっている。

「そう、動物の毛だよ。これは多分、牛かな」

「牛？　それが怪異と何か関係あるんですか？」

「関係ないといいなって、思っていたところ」

「なんですかそれ」

そんな会話をしていると、後方から悲鳴のような声が上がった。

「昌磨くん！　そんなところで何をしているの！　早く戻ってきて！」

振り返れば、美貴がいた。彼女は青い顔でこちらに駆け寄ってくる。

そして、二人は半ば強引に浜辺まで連れ戻されてしまった。

二人の手を放した美貴は泣きそうな声を出す。

「本当に良かった。姿が見えないから、事故にでも遭ったのかと思ったわよ。あの辺は波も高くて、流れも速いから……」

「すみません。心配させてしまったみたいで」

「いいのよ。無事で良かったわ」

ほっとしたような表情を浮かべ、美貴は微笑む。

「ところで、あんなところで何していたの？　あそこらへん、何もないでしょう？」

「えっと」

どう言ったものかと、昌磨は天童を見上げた。彼は昌磨の視線に笑みを返す。

そして、驚くべきことにこう言い放ったのだ。

「水難事故のことを調べていたんです」

「え？」

「言っていいんですか？」

「問題ないだろう。どうせこれ以上は、単独で調べられない。それなら外部に協力を仰ぐべきだ」

　さも当然とばかりに天童はそう言う。

　普通の水難事故ならばそうかもしれないが、これは怪異の絡んだ水難事故かもしれないのだ。少なくとも先ほどまでの天童はそう睨んでいるように見えた。ならば、普通の人間では役に立たない可能性の方が高い。

　美貴は眉を寄せる。

「なんでそんなことを……」

「ここでいなくなった子が、知り合いだったんです。だから、どうしても真相を知りたいと思っていて……」

　今度はさらりと嘘を吐《つ》く。

　表情にも悲痛さをにじませている辺りがさすがだ。詐欺師にでもなった方が稼げるのではないかというクオリティである。

　その表情に感化されたのか、美貴も痛ましそうな面持ちで「そうなんですか」と呟いた。

「だから、知っていることを教えていただけますか？　波にさらわれた場所なども教えてもらえると助かります」

　美貴はしばらく考え込むようにうつむいていたが、意を決したように顔を上げた。

「さっきの岩場の奥に大きな洞窟があるんです。戻ってこなかった子たちは、みんなそこに行ったまま帰ってこなくて……」

「どうしてそんなところへ？」

「有名な心霊スポットなんです。女性の霊を見るとか、そういう噂が昔からあって。少し前にはテレビにも特集されていました」

冗談半分で肝試しに行った若者が帰ってこなくなる。ホラー系の映画ではありがちな展開だ。

「あの洞窟は入り組んでいる上に、満ち潮になると海の中に沈んでしまうんです。だから、いなくなった子たちは奥まで進んで帰れなくなってしまい、その間に満ち潮になったのではないかと、警察は言っていました。遺体はそのまま海に流されたんだろうって……」

「そこまで案内してもらうことは？」

「できません」

「なぜ？」

「なぜって、危ないからですよ！」

当然だというように美貴は声を張る。

「危険を承知でお願いしています」

「できません」

「……わかりました」

頑なな態度の美貴に、天童は諦めたように踵を返した。つま先は先ほどまでいた岩場の方に向いている。

「それなら一人で探してみます。お手数おかけして、申し訳ありませんでした」

「え？　ちょ、ちょっと待ってください！」

美貴は焦ったように天童の手を引く。

「なんで？　危ないんですよ？」

「先ほども言ったように、俺はどうしても真相が知りたいんですよ」

天童が梃子でも動かない様子を見せると、美貴はしばらく逡巡した後、諦めたようにため息をついた。

「勝手に探しに行かれるくらいなら、私が連れていきます。足を滑らせて海に落ちると危ないので……」

「そうですか？　それでは、お願いします」

「……はい」

美貴はうつむいたままか細い声で返事をした。

その顔色はいいとは言えない。握られた手のひらは白んでいた。

「では、ついてきてください」

案内するために美貴は岩場に戻ろうとする。

昌磨も二人と一緒に行こうとしたのだが……

「昌磨はバイトに戻っていて」

そう天童に押し戻されてしまった。

「え？　でも……」

「今回は一人でなんとかなりそうだから、大丈夫だよ」

にこやかに笑いながら、天童は美貴とともに歩いていく。

取り残された昌磨は、その場で二人の背中を見送ることしかできなかった。

◆◇◆

（心配だ……）

昌磨の休憩時間があけても二人が戻ってくることはなかった。ピークの過ぎた海の家に来る人は少なく、美貴がいなくても仕事は回っている。

昌磨は返却された浮き輪を水洗いしながら汗を拭った。

「それにしても、遅すぎないか？」

二人が洞窟に向かってからもう三十分は経っている。

偵察だけならもう帰ってきてもいいはずだ。

(何かあった……とか?)

さすがの天童も、関係のない一般人を巻き込むほど性格を歪めていないはずである。怪異を収集するのならば、確認だけして夜にもう一度……という感じだろうと勝手に考えていたのだが、こうも遅いとなると何か不測の事態が発生したと思うほかなかった。

「どうした昌磨、浮かない顔して」

そう声をかけてきたのは喜宏だった。

彼は真っ赤に日焼けした肌で昌磨に浮き輪を返してくる。

そろそろ帰り支度を始めるのだろう。

返却名簿にチェックを入れて、昌磨は受け取った浮き輪を使用済みのところに重ねた。

「いや、ちょっとな……」

「何か悩み事か?」

「悩み事というか……」

どう言えばいいのかわからない。

昌磨は少し逡巡した後、口を開いた。

「天童さんが、ここら辺で起きている水難事故に興味もっちゃったらしくて、美貴さんと一緒に現場を見に行ったまま帰ってこないんだよ」

「はぁ⁉ 何危ないことしてんの、天童さん⁉」

話だけ聞けば、台風の日にわざわざ海に行くようなバカ男っぷりである。このままではいけないと、昌磨は慌ててフォローを入れた。

「いやまぁ、あの人探偵で！ そういうのを調べるのが仕事というか……」

「え？ あの人探偵なの⁉ ということはつまり、昌磨は探偵の助手をしてるわけ？ ワトソン？」

「あの人がホームズだとしても、俺はワトソンではない」

どちらかと言えば、犬ぐらいの位置が適切だろう。ワトソンが飼っているブルドッグ。立場としてはあのあたりだ。

「えっと。助手というか……囮？」

「どういうことだよ、それ……」

「ごめん、自分でも何言ってるかよくわかってない……」

怪異のことを伏せて話すとわけのわからないことになる。

しかし、安易に話して、頭のおかしいやつだと思われるのも嫌だった。

「とりあえず、昌磨は天童さんが心配ってことだ」

「まぁね。あと、美貴さんも心配だし」

「美貴さん？」

「海の家で一緒にバイトしている女の人」

「店長さん以外に女の人いたっけ？」

「いたよ、一人だけ。で、その美貴さんが天童さんを案内したんだけど、彼女もまだ帰ってきてないから、それも心配で……」

昌磨が表情を曇らせる。

すると、喜宏は「ちょっと待ってろ」とどこかに行ってしまった。

数分後、帰ってきた彼の腕にはヘッドロックをかけられた大和の姿。

「おう、昌磨！　話は聞いたぞ！」

首を絞められているからか、掠れた声を出して大和は親指を立てた。

「バイトは俺たちが代わってやるから、お前は天童さん探しに行ってこい！　行かないなら俺が――」

「しつこいって言ってんだろ！　お前は俺とバイトを手伝うんだよ！」

「だって、美貴さんって女の人がピンチなんだろっ！　俺が行って、華麗にピンチを助けたらだなぁ！　出会いが――！」

首が絞まったからか、大和は必死に喜宏の腕を叩いていた。ギブアップのサインだろう。

大和の首を締め上げたまま、喜宏は口を開いた。

「ってことで、行ってこい！　店長さんの許可はもう取ってあるから！」

「……いいのか？」

「いーのいーの！　どうせ後は帰るだけだったし！　後でアイスでもおごってくれたらそれで十分！」

「俺、ハーゲンダッ――!!」

また喜宏の腕を叩く大和である。

まったくこの二人は、仲がいいのか悪いのかよくわからない。

昌磨は浮き輪を拭いていた布を喜宏に渡す。

「んじゃ、頼む！　すぐ帰ってくるから！」

「おう！」

「気をつけろよ！」

二人に見送られ、昌磨は駆け足で先ほどの岩場に向かったのだった。

◆◇◆

美貴の言った通り、岩場の奥には本当に洞窟があった。崖をえぐるような形で大きな横穴が開いている。高さは昌磨が手を伸ばしても届かないほど。深さは、人が迷うぐらいだから相当だろう。

現に昌磨が必死に目をこらしても、暗闇以外のものは見えなかった。

奥まった崖の側面に開いた穴なので、海水浴場から穴は見えない。高い崖が周りを覆っているので余計にだ。これも水難事故が多発している原因だろう。

「ここに天童さんと、美貴さんが……」

先ほどより水位が上がっているのか、サンダルがつかるぐらいには海水が来ている。まだ洞窟の中まで浸水はしてないが、ここまで来れば、後は時間の問題だろう。

昌磨は洞窟の中をのぞき込んだ。

「天童さーん！　美貴さーん！」

そう呼びかけた瞬間、風切り音と共に昌磨の真横を何かが通りすぎた。そしてそれは、入り口付近にある大きな岩にぶつかった。バチン、と痛々しい音がする。

おそるおそる岩の方を見れば、そこには天童がいた。岩を背に頭を下に向けた状態で岩に張り付いている。

「天童さん⁉」

思わずひっくり返った声が出た。

天童は咳き込みながら、立ち上がる。

「ったく、乱暴な怪異だな——って昌磨？　なんでいるの？　ちゃんと帰したと思ったんだけど……」

「天童さんが心配で来たんですよ！　そんなことより、血！　血！」

天童は口の端についた血を拭う。

結構な勢いで飛ばされてきたにもかかわらず、傷はそれだけのようだった。鼻の頭が赤いので、どうやら何者かに顔面を殴られたらしい。

「大丈夫ですか!?」

「俺は大丈夫だけど。なんで来るかなー。これじゃ帰した意味が……」

天童は呆れたように頭を振った。

あんなに勢いよく飛んできたのに、彼の調子は軽い。それが、無事である証拠のようで、昌磨は胸をなで下ろした。

天童が飛んできた洞窟の奥から、何かを踏みしめるような地響きが響く。そして暗闇の中から、大きな目をした巨大な牛の頭がのっそりと出てきた。

「え……牛？」

「牛じゃないよ。……よく見るんだ」

次に見えてきたのは前足だった。しかし、それは牛のものではない。鋭い爪のような前足だ。その切っ先が地面を踏みしめるたびに足場の岩は重みに耐えきれずに割れる。

牛の身体は蜘蛛のようだった。丸くて大きなぶよぶよとした体躯に、昆虫特有の節のある足が六本。頭には角も付いている。

その異形の姿に昌磨は絶句する。

ぎょろりとした二つの目は、まるで明りの灯っていない深夜のトンネルのようで、背筋が寒くなった。

「あれは『牛鬼《ぎゅうき》』という獰猛な怪異だ。主に海岸に現れて、浜辺にいる人を食い殺す」

「食い殺す？」

「そう。ここら辺で起きている水難事故の被害者の多くは、おそらくアイツの腹の中だ。基本的に丸呑みだけれど、牛鬼の胃酸は強いからね。生きている者はいないだろう」

天童の言葉を裏付けるように、牛鬼の方から鼻をつく腐敗臭がただよってくる。

昌磨は思わず口元を押さえた。あまりの臭いに吐き気がせり上がってくる。

天童は青い顔をする昌磨を一瞥して息をついた。

「だから、今回は親切心で巻き込まないであげたのに……」

呆れているというより、反省しているような声色だった。

天童はこの怪異と昌磨を会わせたくなかったのだろう。

昌磨は口元を拭うと、何かに気づいたのかはっと顔を撥ね上げる。

「美貴さんは？」

「ん？」

「天童さん。美貴さんはどうしたんですか⁉」

「あぁ、彼女ね。……あそこだよ」

天童は牛鬼の隣を指す。そこには美貴の白い顔が浮かび上がっていた。

「美貴さん‼」

思わず駆け出しそうになる昌磨を、天童は腕を引いて止める。昌磨は声を荒らげた。

「何するんですか！　早く助けないと！」

「昌磨、落ち着いて」

「何を――」

「いいから」

天童の言葉に、昌磨は今にも飛び出しそうな衝動をこらえつつ、その場にとどまった。そして、現れた美貴の姿に息をのむ。

彼女の顔から下は蛇になっていた。緑色の鱗が彼女が動くたびにてらてらと妖しく光を反射させる。かわいらしく結んでいたポニーテールは解かれ、顔に濡れた髪の毛が張り付いていた。

　その表情に感情はない。

「彼女は濡《ぬ》れ女《おんな》。牛鬼とセットで語られることも多い怪異だよ。人の姿をして海辺に現れ、抱いてる赤子を人に渡して牛鬼を呼ぶ。赤子は人の手に抱かれると、どんどん重くなっていき、放そうとしても放れなくなると言われているんだ。簡単に言えば、牛鬼の餌を持ってくる役割だね」

「じゃあ、美貴さんは牛鬼の仲間？」

　昌磨は信じられないというような声を出す。

　しかし、そんな彼の希望を打ち消すように、天童は首肯した。

「そうだね。今回も好奇心旺盛な若者に心霊スポットがあるって嘘を教えて、ここまでおびき出す役割をしていたみたいだし……」

「なんで……」

「ここに心霊スポットなんてものはないよ。それぐらいは来る前にちゃんと調べている」

　つまり、彼女が心霊スポットの話をした時点で、彼は美貴を怪しいと思っていたということだろうか。

「それに昌磨、言っていただろう。去年のこともあって今年はバイトに男性を雇うようにしているって。なのに、海の家に慣れているわけでもない彼女を雇うのはおかしいと思っていたんだ。きっと、催眠術のような方法で吉野さんたちを操り、バイトに紛れ込んだんだろう」

「ごめんなさい。ごめんなさい」

感情の薄い顔に涙を滑らせながら、彼女は尻尾で彼らを一薙ぎした。

「ぐっ」

「――っ！」

尻尾に跳ね飛ばされるような形で二人の身体は宙を舞う。

飛ばされながらも、天童は収集録を開いた。

「貂《てん》！」

瞬間、イタチのような小動物が現れ、瞬き一つで二人を受け止めるクッションの姿に変化した。

そこに二人は、どすん、と落ちる。

弾かれたのは痛かったが、落ちたときの衝撃はベッドにダイブした程度しかなかった。

二人が無事だとわかると、貂は変化を解き、さっさと本に戻ってしまう。

昌磨と天童は同時に立ち上がった。

牛鬼はのっそりと洞窟から出てくる。動きは緩慢だが、大きさが大きさなので迫力は半端ない。人の多くいる海水浴場から見えなくて本当に良かったと思ってしまう。見えていたら今頃大パニックだ。

「あの怪異たちをなんとかしないと、これからも被害者が出るかもしれないって事ですよね」

「そうだね。……とりあえず、濡れ女の方は子供を取り返せば無効化できると思うんだけど」

「子供？」

昌磨は首をひねる。

「濡れ女は人に自分の子供を抱かせると言っただろう？　あれは道具や幻ではなく、本当に彼女の子供なんだ。そして、今その子供は牛鬼に捕らえられている」

「そうなんですか？」

昌磨は目を見開く。

「本人に聞いたから間違いないよ。彼女が濡れ女だというのは大体予想がついていたし、昌磨を探しに来た様子や俺を引き留めた様子からしても、無駄な被害者を出さないように努力をしているのは見てとれたからね。完全に牛鬼側じゃないだろうと思って話を聞いたら予想通りだったってわけ」

そういうことか、と昌磨は濡れ女の涙の意味を理解した。怪異の本能だとしても彼女はむやみやたらに人を傷つけたくないのだろう。

もしかしたら昴のように、人を脅かしはするが殺さないと決めていたのかもしれなかった。

「あの洞窟の奥に彼女の赤子がいる。俺も助け出そうとしたんだけど、よく泣く子でね。おかげで牛鬼に見つかって跳ね飛ばされてしまったよ。人質を取られているから仕方がないけれど、濡れ女も寝返るし、顔には傷がつくし。もうほんと踏んだり蹴ったりだ」

先ほどふっ飛んできたのにはそういう経緯《いきさつ》があったらしい。天童は思案するように顎を撫でる。

「牛鬼を無理矢理収集しようにも、まだちょっと力がありすぎるし。だからといって、赤子を連れ出そうにも、さっきと同じようになってしまうだけだろうし……」

「それなら、俺がやります」

天童は驚いたような顔で昌磨を見た。

「俺が赤子を取り戻します。その間、天童さんは牛鬼と濡れ女を引きつけておいてください」

「……いつになく、積極的だね」

「ダメですか？」

「いいや、ダメじゃないよ」

口元にいつもの笑みをのぞかせたまま、天童は首を横に振る。

「結構危険な相手だからね。本当なら『早く逃げろ！』ってかっこよく言うところなんだろうけど……」

天童は昌磨の背中を勢いよく叩く。乾いた音が洞窟まで響くようだった。

痛みと衝撃で一気に背筋が伸びる。

「それじゃ、任せた」

「はい！　そっちも任せました！」

昌磨は駆け出した。天童も本を開く。

「昴！」

「はいよ！」

すぐさま出てきた相棒は、獣の姿はそのままに、大きな布団ぐらいの大きさになる。

昌磨は彼に飛び乗った。彼を乗せた昴はふわりと浮き上がり、洞窟から出てきた牛鬼と濡れ女の上を軽々飛び越える。

飛び越えたのを確認して、昌磨はすぐに昴から飛び降りる。そのまま守り手のいない洞窟へ駆け込んだ。昴も元の大きさに戻り、昌磨の肩に飛び乗る。

「ギャァァァ!!」

鋼鉄の爪で強くガラスを引っ掻いたような、耳障りな鳴き声を上げて、牛鬼は昌磨を追ってくる。動き自体は素早くないが、大きな怪異なのでリーチの差ですぐ追いつかれそうになってしまう。

「ダメだよ。君の相手は俺だ」

しかし、完全に追いつく前に、天童が昌磨と牛鬼の間に割って入った。

「野槌《のづち》!」

ふっと本に息を吹きかける。すると、牛鬼の足下にあった岩が土と共に盛り上がり、牛鬼を撥ね飛ばした。

そこには大きなミミズのような怪異がいた。頭部には大きな口があるだけで、そのほかには目も鼻もなにもない。

牛鬼はすぐさま体勢を整える。

「ギャァァ!」

その一鳴きで何か指示をしたのだろう。それまで呆けたように立っているだけだった濡れ女が、昌磨を追いかけ始める。

背後から迫っている影に気がついた昌磨は声を上げた。

「縁《えにし》！」

瞬間、彼女の前に大きな影が降り立った。大きさだけなら牛鬼以上だろう。

「ようやく呼んだな、大将よ！」

それは、見越入道だった。

最初からこの大きさで顕現するということは、状況はわかっているらしい。

「濡れ女を頼む！」

「あい、わかった」

「昌磨！」

天童の呼びかけに昌磨は振り返る。天童は牛鬼の相手をしながら、一匹の怪異を昌磨に差し向けた。

その怪異は青白く発光する、鳥のような怪異だ。

確か、昴を本に収めたときに天童が使っていた怪異である。名前は青鷺火。

天童は正面を向いたまま叫ぶ。

「明りに使って。それと、濡れ女の赤子は素手で触ったらダメだからね。放れなくなる」

天童は跳びのく。先ほどまで立っていたところに牛鬼の爪が食い込んだ。普段運動をしない男とは思えないほどの反射神経だ。

昌磨は「わかりました！」とだけ答えて、洞窟に入った。

洞窟の中は暗く、青鷺火がいなかったら足下さえも見えないほどだった。下はゴツゴツとした岩場なので、昌磨は急ぎながらも慎重に歩を進める。

しばらく進むと、か細い泣き声がした。人間の赤子のような泣き声だ。

「あっちだ！」

そばに寄ってみると、鳥の巣のような藁の中に小さな赤子がいた。元気に泣いている割にはその身体は異様なまでに白い。へその緒もついたままだ。

昌磨は着ていたTシャツを脱ぐと、赤子に被せて抱き上げた。Tシャツのおかげで赤子に直に触れるのは避けられたが、重さだけはどうしようもない。一秒に一キログラムずつ重たくなっていると言っても、過言ではないほどだった。

最初は楽勝かと思っていたのに、だんだんと腕が痺れ、持っていられなくなってくる。

昴は浮遊しながら昌磨の目の前に身体を広げた。

「昌磨、オレが運んでやるから乗せろ！」

「でも……」

「人が運ぼうとするから重くなるんだ。こういう類は怪異同士なら多分関係ない。そもそもこういった仕組みは、人を脅かすためのものだからな」

昌磨はTシャツにくるんだままの赤子を昴の上に乗せる。すると、こともなげに昴は赤子を持ち上げた。

「ほらな！」

昴が自慢げにそう言ったとき、入り口の方で岩を砕くような大きな音が轟いた。そして、とんでもないスピードで牛鬼がこちらに駆け寄ってくる。

「え？　えぇ⁉」

いきなりのことに昌磨がおののいていると、暗闇から伸びてきた腕が牛鬼の角を取った。そのまま勢いよく引っ張られ、牛鬼は倒れてしまう。そして、その上に何かが乗っかった。

「野槌、そのまま動きを封じていて！」

天童の声が響く。

牛鬼を倒したのは縁、乗っかったのは野槌のようだった。

追ってきた牛鬼は野槌の下でまた耳障りな鳴き声を上げる。

「ごめん。ここまで入られた」

「大丈夫です」

側に来た天童の頬には土がついていた。結構頑張ってくれたらしい。

奇声を上げる牛鬼の隣で濡れ女は呆けていた。もともと牛鬼に協力したくてしていたわけではない彼女のことだ、どうしていいのかわからないのだろう。しかも、彼女を従わせるために牛鬼が奪っていた子供は、今昌磨たちの手にある。

「ねぇ！」

その呼びかけに濡れ女は昌磨を見る。瞳は不安そうに揺らめいていた。

「早く！　子供!!」

昌磨は手招きをする。すると、濡れ女も彼の言いたいことがわかったのか、しゅるしゅると身体をくねらせ、昌磨たちの側までやってきた。

緑色の蛇の身体から人の手が生える。そして、昴の背から子供を受け取り、赤子を抱きしめた。その姿はいつの間にか見慣れた人のものへと戻っている。

「ごめんなさい。本当に、ごめんなさい……」

その場に蹲りながら、濡れ女は嗚咽を漏らした。

「怪異として生まれるには、その性格は優しすぎたね」

小さくなった濡れ女を見ながら、天童はそうひとりごちた。

「ギャァアアァァ！」

濡れ女が戦意を失ったのがわかったからか、牛鬼は甲高い咆哮《ほうこう》を上げる。そして、乗っかっている野槌をはね除けようと大暴れを始めた。縁も慌てて取り押さえようとするが、牛鬼も必死だ。

牛鬼は洞窟の天井を引っ掻く。爪を突き刺して、天井にヒビを入れた。そうして野槌が乗ったままの身体を洞窟の側面にぶつけ始める。

巨体がぶつかった洞窟は妙な音を立てながら、小刻みに振動し始めた。

「まずいっ！　洞窟ごと俺たちを潰す気だ！」

天童が叫ぶ。

その瞬間、昌磨の眼前に岩が落ちてきた。

◆◇◆

閉じた瞼に光を感じて、昌磨はそこでようやく自分が気を失っていたと気がついた。

重い瞼を開けると、日が落ちかけているからか、辺りは赤く染まっていた。

「昌磨、大丈夫？」

いつも通りの笑みに眉を寄せて、天童は昌磨をのぞき込む。起き上がれば、枕になってくれていた昴がふわりと宙に舞い、肩に乗った。

昌磨が寝ていたのは崖の上だった。辺りをよく見回してみれば、先ほどまで死闘を繰り広げていた洞窟の入り口は見事に潰れてしまっている。

「見越入道が助けてくれたんだよ」

見れば、彼の隣にはあぐらをかいて座る縁の姿。今の大きさは人と変わらない。

「縁、ありがとう」

「おう」

昌磨の無事を確かめたからだろうか、縁は身体を文字に変え、収集録の中に帰ってしまった。疲れているような顔をしていたので、もしかしたら無茶をさせてしまったのかもしれない。

「牛鬼はどうなったんですか？」

「海に逃げたよ。これに懲りてしばらくは悪さをしないと思うけど、また見つけたら捕まえないとね」

「美貴さん——じゃなかった。濡れ女は？」

「彼女なら、もう本へ戻ったよ。抵抗も何もなかった」

「そうですか……」

昌磨の表情はどこか浮かない。

天童は何も言うことなく、昌磨の隣に腰掛けた。

「なんか、今回は後味が悪かったですね」

実際に怪異のせいで人が死んでいるからだろうか、昌磨の胸には言いようもないわだかまりが残っていた。昴や縁のときのような『一件落着感』もない。

「本来、怪異に関わるというのはこういうことだよ。今までが異例だったんだ」

「異例？」

「昌磨は怪異に情を移しちゃう性格みたいだけど、今度からはもう少し距離を置いた方がいい。君は本来ならばこちら側に関わるべき人間じゃないからね」

表情は優しいが、突き放すような内容の天童の台詞に、昌磨は顔をしかめた。まるでここから先は近寄るなと線引きをされた気分だ。

「……元はといえば、天童さんが巻き込んだんじゃないですか。自分で巻き込んでおいて、ちょっと慣れてきたら距離を置けって、身勝手すぎませんか？」

「それもそうだね。君を巻き込んだ俺の判断が間違っていたのかもしれない」

ことalong もなげにそう言われ、昌磨はイラッとした。なんで腹が立つのかわからないが無性にムカムカする。

「なんで、今更そういうことを言うんですか！」

「今だからだよ。昌磨は今日初めて怪異の本当の恐ろしさを知ったわけだからね」

「だから距離を置けと？」

「あまり情を移さないようにって、言いたいだけだよ」

やんわりとだが、天童は昌磨のことを拒絶していた。

昌磨は思わず立ち上がる。

「恐ろしい怪異がいるのはわかります！　けど、誰とどう関わるかは俺が決めます！　天童さんに指図されたくありません！」

「昌磨」

「先に戻ってます！」

そう言って昌磨は崖を下り、海水浴場の方に向かっていく。

去っていくその背中は、どこか怒っているようだった。


「はぁ……」

残された天童は、赤く染まる空を見ながらため息をつく。その顔は何かを後悔しているようだった。

隣には珍しいことに昴がいる。昌磨についていかなかったらしい。

「なぁ、なんでアイツを巻き込んだんだ？　最初に会ったときから、わかっていたんだろ？　いろいろと……」

含みを持たせたような昴の台詞に天童は視線だけを向けた。

その視線は「どうして知ってるの？」と言っているように見える。

「見越入道からいろいろ聞いたんだよ。アイツ結構おしゃべりだから、本の中でもうるさいのなんのって」

「そう」

天童はもう一度空に視線を移す。

「で、なんで巻き込んだんだよ。昌磨じゃないけど、今更拒絶するなら、最初から巻き込まなければよかったじゃんか」

「なんでだろうね。あまりにも似ているから懐かしくなったのかな」

天童は苦笑をもらす。

「俺はね。昌磨が怪異と仲良くなってくれたら、嬉しいと思う。でも、それと同じぐらい昌磨を怪異に関わらせたくない」

「師匠みたいにしたくないってことか？」

「……そうだね」

沈む夕日が天童の影を長く長く伸ばした。

「友人だと思っていた怪異に殺されるだなんて、そんな馬鹿げた最期だけは迎えてほしくないよね」

第四章　百鬼夜行

外ではうるさいくらいにセミが鳴き。

太陽がアスファルトをじりじりと焦がす。

八月——未だ、夏真っ盛だ。


(天童さんがわからない)

昌磨は事務所にいた。

事務所の中心に置いてある大きな机に参考書とノートを広げて、夏休み明けの大学に備えて復習をしている。視線の先にはパーテーションを挟んで天童がいた。

彼は最近、海外ドラマにハマっているらしく、近所のレンタルショップでまとめて借りてきたＤＶＤを粛々と消化していた。耳にはヘッドフォン。

寝ていないのか、目の下には隈ができていた。

昌磨はノートにペンを走らせつつ、天童を観察する。

(よく考えたら、俺って天童さんのこと何も知らないんだよな)

どうして、怪異を集めることにしたのか。

怪異を集めるきっかけになった彼の師とは誰なのか。どんな人なのか。

そもそも、なぜ彼は怪異に関わることになったのか。

昌磨は何一つ知らなかった。

(本人に聞いてもいいけど、はぐらかされる気がするし……)

あまり自分のことを語ろうとしない天童のことだ。聞いてものらりくらりと躱《かわ》されて、結局謎が深まるだけだろう。

(だからといって、本人以外に聞くのもな)

冬花辺りは何か知っていそうだが、聞くのは憚られた。

昌磨にとっては単純な質問でも、もしかしたら天童にとってはナイーブな問題かもしれない。そういうものを本人以外に問うのは、あきらかなルール違反だろう。

そんな風に真剣に考えている昌磨の耳に、脳天気な声が届く。

「んー！　人間ってば、やっぱりすごいわねぇ。こんな発明品作るだなんて！」

「わかります！　最初見たとき、私もびっくりしちゃいましたもん！　扇風機もいいですけど、冬の電気炬燵《こたつ》も最高ですよね！」

「わかるわぁ。あれがあると外に出るのが億劫になるのよね。驚かそうと家に侵入したのに、いつの間にかのんびりしちゃってるんだもの。怪異泣かせよ、あれは」

扇風機の前に仲良く並んで座り、風を浴びているのは、ろくろ首と冬花の二人だ。

「父ちゃん、見て！」

「おぉ。よく描けたなぁ！」

「どこがだよ！　オレはもっとかっこいいぞ！」

昌磨の隣の席には豆腐小僧。その正面には見越入道の縁がいる。机の上にはポーズを決める袰の昴がいた。

どうやら豆腐小僧は事務所のボールペンで昴の絵を描いているらしかった。

彼の目の前にあるチラシの裏紙には四角い座布団のようなものが描かれている。

（今日は人口密度が高いなぁ）

最初に収集録から呼び出したのは縁だった。八月に入ってすぐのことだ。

書類棚の上にある、来客用のカップが入った箱を取ってもらうために呼び出したのである。ほとんど空振りだが、この事務所にもたまに客が来たりするのだ。

そのとき呼び出した縁に『ろくろ首や豆腐小僧もたまにはこちらに来たいと言っている。よかったら呼び出してやってくれないか？』と言われ、請われるまま呼び出してこの状況である。

自分が夏休みの間はいいかと思い、本から自由に出たり入ったりする許可を与えているので、最近の事務所は騒がしかった。

冬花は賑やかなのが好きらしく、バイトに来るたびに喜んでいた。最近のお気に入りはろくろ首である。やはり女性同士、話も合うのだろう。

『あまり情を移さないようにって、言いたいだけだよ』

そう言っていた天童も別に文句は言わない。むしろ……

『いいんじゃない？　賑やかな方が楽しいし』

なんて笑っていた。

（やっぱり天童さんのことはわからない）

昌磨に怪異を近づけたくないのか、近づけたいのか。

本当はどちらなのだろう。

ちなみに、こちらに呼び出すためにろくろ首と豆腐小僧の名前を教えて貰ったのだが、そこで思わぬ事実が発覚した。

ろくろ首の名は『和葉《かずは》』だったのだが、豆腐小僧の名は……

「太郎、上手いなぁ！　次は父ちゃんを描いてくれるのか？」

『太郎』になっていた。

どうやら、怪異は慣例的に人に名付けをしてもらうのが常らしく、それまで名前がなかった豆腐小僧は昌磨が適当につけた『山田太郎』から『太郎』という名になったらしい。

本人が満足しているようなのでいいが、そういうことになるのならば、もう少し時間をかけて考えてやればよかったと昌磨は少し反省した。

「次は何を描いてるんだ？　鬼か？」

縁が太郎の手元を見ながら首をひねる。

そこには丸い顔に二本の角のようなものが描かれた絵があった。

「これはおにじゃなくて、ねこだよ！」

太郎は元気に答える。

どうやら、角に見えていたものは猫の耳だったらしい。

「猫っていえば、知ってるかい？　六甲八幡神社近くの高羽川《たかはがわ》公園。あそこで前に意図的に傷つけられた子猫が捨てられてたんだよ。あれは虐待された後だね。多分」

「虐待⁉」

和葉の言葉に昌磨は顔をしかめた。

「酷いもんだったよ。足の腱を切られて動けなくなっていてね。怪異である私にはどうすることもできないから、人のふりをして優しそうな人間を呼んでやったのさ。そしたら、傷つけられた猫が捨てられてるのはその日に限った話じゃないらしくてね」

「多発してたんですか？」

「らしいよ。その人間が言うには、近所の悪ガキが遊びで傷つけてるんじゃないかって……」

彼女は一時期、夫である縁を探すために街をうろついていた。虐待された猫はそのときに見かけたものだろう。

「あれ以来、あそこに行くことはなくなってたけど、まだ続いてるのかねぇ……」

憂うような声で和葉は頭を振った。

「人ってたまに自分よりも小さな生き物にひどいことしますもんね。許せないです」

冬花はそう口をへの字にさせた。猫又である彼女にも何か思うところがあるのかもしれない。

昌磨も聞いているだけで胸糞が悪くなるような思いがした。

「猫を虐待……か」


天童探偵事務所からの帰り、昌磨は少しだけ遠回りをして高羽川公園へとやってきていた。

住宅街の合間に立つ小さな公園だが、人はおらず、遊具は滑り台とブランコしかない。

公園を見守るように電信柱には烏が止まっており、かぁかぁと少し煩かった。

昌磨は公園を見渡した。和葉が言っていた猫らしいものはどこにもいない。

「何もないならそれが一番だよな」

そう言って帰ろうとしたそのときだった。にゃあ、と消え入りそうな弱々しい鳴き声が耳朶を掠めた。

「猫……？」

昌磨はもう一度公園につま先を向け、今度は木の陰や植え込みあたりを探し出した。

ただ、通りかかった猫が鳴いただけかもしれない。

弱々しい鳴き声だと感じたのも、気のせいなのかもしれない。

けれど、確かめずにはいられなかった。

「にゃあ……」

声を頼りに、昌磨は猫を探す。

そんなに大きな公園ではないのに、猫の姿はどこにも見つからない。

「どこにいるんだ……？」

そのときだった。がさがさっと端に生えている背の高い草が揺れた。そこには誰かの背中が見える。

瞬間、和葉の声が脳裏によみがえってきた。

『その人間が言うには、近所の悪ガキが遊びで傷つけてるんじゃないかって……』

（もしかして……）

「おい！　そこで何を──！」

昌磨の強い声に、丸まった背中が小さく飛び跳ねる。

振り返ったのは、太郎と同じぐらい小さな子供だった。二つのおさげが特徴的な女の子である。その腕にはぐったりとしている子猫の姿。

和葉の言った通りに、猫の足の腱は切られているようだった。

「それ……」

「この子は！　あの！　違うんです‼」

少女は子猫を持ったままおろおろとする。

昌磨もまさかこんな小さな子が子猫に何かをしただなんて思えなかった。きっと、たまたま傷ついた子猫を見つけてしまっただけなのだろう。

昌磨は近くのベンチにハンカチを広げた。

「とりあえず、こっちに連れてきて。必要なら俺が動物病院に連れていくから！」

「あ、はい！」

少女は子猫を抱えたまま昌磨のところへやってきた。そして、ハンカチの上に子猫をゆっくりとおろす。

子猫は荒い呼吸を繰り返すだけで、もう鳴かなかった。一目で危険だとわかる状態である。

足の腱のほかにも、肩口や腹あたりにナイフで切られたような傷があった。ハンカチに血が滲む。

「近くの動物病院ってどこがあったかな」

昌磨はスマホを取り出し、動物病院を検索する。

できればすぐに連れていった方がいい状態だろう。

少女はたすき掛けのようにかけていた鞄から小瓶を取り出した。中には乳白色のどろりとした液体が入っている。少女は瓶を開け、それを指につけると、猫の傷に塗り始めた。

「え？　何塗ってるの⁉」

「薬です」

「人間の薬って猫に使ってもいいの⁉　ちょ、ちょっと待って！　悪化でもしたら……」

昌磨は焦ったように少女を止めようとするが、不思議なことにその薬を塗ると、猫の傷はたちどころに塞がっていってしまう。

それこそ通常では考えられないスピードで……。

「すごい……」

「腕が落ちても、この薬なら治ります」

昌磨はその少女をまじまじと見る。

見た目はいたって普通の少女だが、持っているものが普通ではない。

大体、腕が落ちても治せる薬ってなんだ。

昌磨はこれまでの経験から、彼女がなんなのかを察した。

「もしかしてさ、君って……怪異……」

瞬間、少女は飛び上がり、昌磨から距離をとった。

その顔はにわかに青くなっている。

「な、な、な、なんでそれを⁉」

「いや、普通の女の子はそんな薬持ってないからさ」

木の陰に隠れ、少女は昌磨を見つめていた。その視線は明らかに怯えている。

彼女の見た目も相まって、はたから見ると昌磨が犯罪者のようだ。

少女を襲う大学生の図が完全にでき上がってしまっている。

「あ、えっと、大丈夫！　俺、それなりにそっち側のこと知ってる人間だから！」

「……」

「本当だって！　変なことしない！　というか、俺は普通の人間だし、本気出したらきっとそっちの方が強いからさ！」

慌てたようにそう弁解すると、少女は怯えながらもにじり寄ってきた。

「とりあえず、話を聞かせてもらえない？」

昌磨がそう言うと、少女は無言のまま首を縦に振った。

「河童《かっぱ》？　君が？」

「はい」

少女は公園のベンチに座り、そう頷いた。彼女の腕には傷の治った子猫が安らかに寝息を立てている。

彼女は昌磨に請われるがまま、とつとつと語り出した。

最初に少女が傷つけられた子猫を見つけたのは、二ヶ月ほど前。公園の真ん中にまるで見せつけるように血だらけの子猫が放置されていたのだという。

それから一週間に二、三度程度の頻度で、傷つけられた子猫が公園に捨てられるようになったというのだ。おそらく、和葉が猫を見つけたのもこの時期だろう。

子猫は毎回、ナイフのようなもので切りつけられていたらしい。逃げられないように腱だけは必ず切ってあったというのだから、狂気を感じる。

彼女はそんな子猫を見つける度に、先ほどの薬で治療していたというのだ。

「これは河童の妙薬っていうんです。基本的に外傷ならなんでも治ります。病気は無理ですけど」

「人の格好をしてるのは、怪しまれないため？」

「はい。公園には子供が多いですから。怖がらせようとして怖がらせるならともかく、自分の意図してないところで怖がらせたくはないですし……」

なので、怪異だと見破られたのは今回が初めてだという。

河童と言えば、昌磨でも知っている怪異だ。頭に皿があり、手には水かき、背には甲羅を背負っているイメージである。しかし、目の前の少女にはそれらは一切ない。

「元の姿に戻ったら、そんな感じです。私みたいな、人にいたずらをするような怪異は変化できるものが多いんです。その方が動きやすいですから。さすがに狸や狐みたいに何にでも化けられはしませんけどね。私はこの姿にしかなれませんし……」

どうやら怪異にもその道のプロというものはいるらしい。

「えっと、君は犯人を見たりしてないの？」

昌磨の問いに少女は首を振る。

「いつもいつの間にか子猫が置いてあるんです。私もずっとここにいられるわけではないので、犯人は見ていません」

「そっか……」

やはり犯人は近所の子供なのだろうか。こうも立て続けに起きているのだから、その種の癖を持った大人ということもあり得る。

昌磨は顎を撫でた。

河童の少女はそんな彼をじっと見上げる。

「お兄さんは、見える人なんですね」

「うん。まぁ、一応ね」

「でもその割には……なんというか。匂いは少ないですよね。普通の人間みたいです。そばにいるのはなんとなく居心地がいいですが……」

彼女は昌磨に向かって鼻をひくつかせる。

「あぁ、それは……」

昌磨は服の下にあるお守りを引っ張り出した。

「これで一応隠してるんだよ。これがなかったら、なんか小さいのがいっぱい寄ってきて大変なんだよね」

「わっ！」

そのお守りを見た瞬間、少女は鼻を押さえた。どうやらそのお守りは怪異にとって相当嫌な臭いを発しているらしい。

「それがお兄さんの匂いを相殺してるんですね」

「そんなに臭いの、これ……」

「臭いというか、すごく強い怪異が隣にいるときのような匂いですね」

「……それってどんな匂い？」

「人にはわからないと思います」

昌磨はお守りを鼻に近づけるが、なんの匂いもしなかった。しいて言うなら、祖母が毎日焚いていた線香の匂いが微かにするぐらいだ。

「でも、怪異が見える人間ってことは、お兄さんが噂の『怪異を集めている人間』なのですか？」

「正確に言ったら、怪異を集めてるのは俺じゃないんだけどね」

昌磨は手伝っているだけで、集めているのは天童だ。

「結構、噂になってるんだね」

「はい。怪異を何匹も従えて、暴れまわってる人がいると……」

「あ、それ多分俺じゃない方だ」

暴れまわってると評されているのなら、天童である。

彼が暴れまわっているかはさておき、昌磨はそんなに暴れまわっているという自覚はなかった。

荒事は何度かあったが、あれは別に『暴れまわっている』というわけではない。

「え？　でも、怪異を集めている人間が二人いるって聞いたことないですけど……」

「ま、俺は手伝ってるだけだからね」

そう苦笑いをこぼしたとき、河童の腕の中で猫が身じろぎした。どうやら、起きたらしい。

　子猫は少女の腕から飛び降りると、まるで先ほどの怪我なんてなかったかのように背伸びをした。

　そして、礼を言うように一鳴きした後、あっさりと走り去っていく。

「猫、無事みたいでよかった」

「はい！」

　河童の少女は笑顔で頷いた。

「でも、このままにしてはおけないよな……」

「あの！」

　腕をひかれ、昌磨は少女の方を見た。

「もしよかったら、猫をいじめている人たちを捕まえるの、手伝ってもらえませんか？」

　公園からの帰り道、昌磨は先ほど河童の少女とした約束を思い出していた。

『明日から私と一緒に公園を見張ってくれませんか？　私一人だとずっとは見張ってられなくて……』

　悲しそうに目を伏せる少女に、昌磨は「いいよ」と返した。

（もともと、そのつもりだったしな）

あんな傷つけられた子猫を見た後では、放っておけるはずがなかった。

小さな生き物を傷つける人間も、傷つけられる子猫も。

「天童さんに言った方がいいかな……」

捕まえようとしているのは人間だが、河童も絡んできている案件である。もしかしたら、事前に知らせた方がいいかもしれない。

しかし、そう思った瞬間――

『今度からはもう少し距離を置いた方がいい。君は本来ならばこちら側に関わるべき人間じゃないからね』

その言葉が脳裏に蘇り、無性にイラッとした。

人だ、怪異だと、あちらが距離をとるのならば、今回は天童に話す義理はないだろう。これは人間の問題である。

（河童のことは、これが解決してから知らせればいいし！）

熱くなった頭で、乱暴にそう考えた。

そのとき、ポケットの中のスマホが振動した。見れば、メッセージアプリを通じて大和から写真が送られてきている。大和と喜宏と昌磨の三人が使っているグループ宛だ。

写真の中の大和はキャンプ場にいた。テントの前で年の離れた妹と一緒にピースサインを掲げている。その下には『今度、三人で一緒にキャンプ行こうな！』の文字。

その写真に、すかさず喜宏が近くのキャンプ場のURLを張り付けている。

『仕事早い！　GJ！』

『まかせろ！　ちなみに、バーベキューコンロのレンタルはここが最安！』

『テントもコンロもうちの使おうぜ！　そしたら、タダ！』

『了解！　車の運転練習しとかないとな！　レンタカー、大きいの借りような！』

『ペーパーしんど……』

気の抜けたやり取りに笑みが零れた。熱くなった頭が冷静さを取り戻していく。

そのとき、昌磨は自分の後ろにハンカチが落ちていることに気がついた。昌磨のハンカチだ。先ほどの子猫の血がついているので間違いない。おそらく、スマホを取り出したときにでも落としたのだろう。

昌磨はハンカチを拾おうと手を伸ばした。しかし、その手はハンカチに触れる前に止まってしまう。

なぜなら、ハンカチに怪異が集まっていたからだ。小石大の小さな怪異である。

その小さな怪異たちは、子猫の血に群がっていた。

まるで血を求めて集まっているような異様な光景に、鳥肌が立った。

◆◇◆

それから数日後。

「昌磨、なんか俺に隠してることない？」

河童と公園を見張るため、少し早く事務所を後にしようとした昌磨に、天童はそう声をかけた。

彼はいつも浮かべている笑みを収め、真剣な表情で昌磨を見つめている。

どうやら海外ドラマは見終わったらしい。

「別に、隠していることなんかありませんけど」

声が少し尖ったのは、何かを疑うような天童の顔が気に入らなかったからだった。

「本当に？　悪い怪異とかに騙されてない？」

「悪い怪異になんて騙されてません」

河童は悪い怪異ではない。むしろ、弱った子猫を放っておけない、優しくて可愛い怪異だ。

「昌磨はお人よしだから、心配なんだよ」

「なんかそれ、いやな言い方ですね」

『お人よし』という言葉の裏には『騙される馬鹿な子』というのが含まれているような気がした。

「怪異に情を移さないようにって、前にも言ったよね？」

見透かしたような一言が癇に触れた。彼はまた突き放してくる。

「そんな風に言わなくても……」

「昌磨はこちら側に深入りするべき人間じゃない。怪異は君にいい影響を与えないよ。友人なら大和くんや喜宏くんがいるじゃないか。それで十分だろう？」

昌磨の眉間に皺が寄る。

「なんなんですかさっきから！　なんで俺だけのけ者にするんですか！　天童さんだって、人間でしょう？　天童さんはよくて、なんで俺一人だけ怪異に関わっちゃダメなんですか！」

「じゃあ、聞くけど。昌磨はなんでこちら側に関わるんだい？　借金のことはわかるけど、怪異に対してはもう少しドライでもいいはずだ」

「俺は、関わってきたものに目を閉じるのが嫌なんです！　昴だって、縁だって、和葉さんだって、太郎だって、冬花ちゃんだって！　みんないい人たちなのに、なんで今更距離を置かないといけないんですか！　前にも言いましたけど、そもそも巻き込んだのは天童さんですからね！」

初めての言い争いに、しばらくお互いを睨み合っていた。

沈黙が痛いぐらいにのしかかってくる。

二人の間ではたまたま出てきていた昴と太郎がオロオロと視線を彷徨《さまよ》わせていた。

どう止めていいのかわからないのだろう。

重苦しい雰囲気に、先に音を上げたのは昌磨だった。

彼は身体を反転させ、無言で事務所から出ていこうとする。

「昌磨」

「はい？」

振り返った先には複雑そうな天童の顔。

「もし、何かあったらちゃんと俺を呼ぶんだよ。それだけは約束して」

「……わかりました」

昌磨はドアノブを引いた。

廊下に出れば、湿気を含んだ熱気が昌磨を包む。

胸にこみ上げてきたのは、天童に対する気まずさだった。

（さすがに、天童さんに申し訳ないことしたかな……）

昌磨は公園の草むらに隠れながら一つため息をついた。

今日も今日とて烏がうるさいが、先ほどの出来事が脳内をぐるぐると回っているので、全く気にならなかった。

（天童さんは心配してくれただけなのに、『巻き込んだのはお前だー！』みたいなこと言っちゃって、俺ほんと性格悪い……）

元をたどれば、お守りが壊れたことがいけなかったのだ。天童はそれを直してくれただけ。三百万円は確かにふっかけすぎだが、救済措置まで与えてくれた彼に文句など言うべきではなかったのだ。しかも相手は心配してくれていただけである。

「どうしたんですか？　昌磨さん」

河童が心配そうな顔で昌磨を覗き込む。

こんな小さな子に心配をかけてはいけないと、昌磨は笑みを顔に貼り付けた。

「いや。ちょっとある人と喧嘩しちゃってさ。心配かけちゃってごめんね」

「喧嘩って、大丈夫ですか？」

「うん、大丈夫。大した喧嘩じゃないから。それよりも、今日は水浴びに行かなくて大丈夫？　俺が来たんだからいつもみたいに水浴びに行ってきてもいいんだよ？」

少女が一人で公園を見張れない理由は、これだった。

河童である彼女は、何時間も水を浴びないまま地上で過ごせない。いつもは昌磨が来た段階で見張りを交代し、近くの川に水を浴びに行くのだが、今日の彼女は立ち上がらなかった。

「ここ最近、不自然に子猫が現れないですし、今日は粘ってみます！」

決意のこもった声を響かせながら、少女は草むらの中からじっと公園を見つめる。

その頬はいつもより赤く、リンゴのようだった。

二人で見張りを始めてから、子猫は公園に置かれなくなった。まるで二人が公園で見張っているのを知っているかのような行動だ。

昌磨が協力してくれたことにより、「これで犯人が捕まえられる！」と喜んでいた河童は、全然現れなくなった犯人にやきもきしているようだった。

「本当に大丈夫？　顔、赤いよ？」

「大丈夫です！」

「ちょっと、ふらふらしてるみたいだけど……」

「平気です！」

「焦点あってる？」

「無問題《モウマンタイ》です！」

そう言った次の瞬間、少女は目を回して昌磨の方へ倒れ込んできた。

額に手を当てれば、びっくりするぐらい熱い。

「ちょ、これ⁉」

「ははは、ごめんなさい。やっぱりちょっと干からびてきたみたいですぅ……」

河童の顔色が赤から赤黒くなっている。とても健康そうには見えない顔色だ。

昌磨は素早く河童を木陰に寝かせると、立ち上がった。

「どうしたらいい？」

「水を。なんでもいいので、水をかけてもらえれば……」

「わかった！　ちょっと待ってて！」

「すみません……」

弱々しい声を出しながら、少女はふらふら頭を動かしていた。

幸いなことに近くに自販機があり、昌磨はそこの前まで走っていく。

いつもなら、めったなことがない限り、自販機で水などもったいなくて買わないが、今回は緊急事態だ。仕方がないだろう。

「よし！　――って、とと……」

お金を入れ、ミネラルウォーターを買ったところで、なぜか頭が急に重たくなった。

その重みに昌磨はよろける。どうやら、頭に何かが乗っているようだった。

昌磨は首を振り、頭に乗っていたものを落としてみる。すると、落ちてきたのは小さな怪異だった。バッタのような、甲虫《こうちゅう》の形をした怪異である。

「なんで……」

そう零す間にも、また一つ頭に怪異が落ちてきた。次は毬《まり》のような真ん丸な怪異だ。お守りをもらってから、意図的につけていなかったときを除けば、こんなことは初めてだった。

「もしかして！」

昌磨は首元を探る。すると案の定、いつも首から下げていたお守りがなくなっていた。紐まできれいさっぱり消えてしまっている。

「やばい！　探さないと‼　……でも、そのまえに、河童に水持ってかなきゃ！」

こういうとき、どうやっても自分のことは二の次にしてしまう昌磨である。それゆえに天童を心配させてしまうのだが、性分なので仕方がない。

昌磨はミネラルウォーターを抱え、公園まで戻ってきた。

「河童！　水、確保してきたぞ！」

「あぁ、ありがとうございます」

未だにふらふらしながら、河童は上半身を起こす。

彼女は昌磨から水の入ったペットボトルを受け取ると、ふたを開けて、中身をおもむろに頭からかけ出した。

「え⁉」

昌磨が驚くのを尻目に、河童はどぽどぽと、容赦なく水をかけていく。水が髪の上を滑り、服を濡らした。昌磨が買ってきた三本のペットボトルが全部空になるころには、彼女の全身はずぶ濡れになっていた。

「ふぁー！　気持ちよかったです！　生き返ったー！」

唖然とする昌磨の前で河童はすがすがしい表情で顔を撥ね上げた。

彼女は立ち上がり、ワンピースをはたく。すると不思議なことに、それまで濡れネズミだった彼女の身体は一瞬にして乾いたのだ。まるで、濡れていたのが夢か幻かのように思えてきてしまう。

「ありがとうございます！」

「あ、うん」

昌磨が頷いたそのとき、つま先に何かが当たるような感触があった。足下を見てみれば、そこには総額三百万円のお守りがある。

「あ、あった!!」

昌磨は慌てて拾い上げる。見れば、首から下げる際に使用していた紐が切れてしまっていた。

どうやら水を買いにここを飛び出していったときに、落としてしまったらしい。

「よかったあ。一時はどうなることかと……」

切れていた紐を繋ぎなおし、昌磨は改めてお守りを首にかける。すると、先ほどまで肩で合唱をしていた一つ目の小鳥たちは、みんな昌磨に興味がなくなったかのように飛び去っていってしまった。

（やっぱりこのお守り、すごいな……）

そう胸をなでおろしたときだった。

「知らなんだ」

突如、公園に凄みのある男性の声が木霊した。

声の主を探すと、その声は掃除用具入れの上にとまっている鳥から発せられたものだった。

その鳥は瞬き一つで男の姿に変わる。白銀の髪が光を反射させ、死に装束のような白い着物の裾がゆらゆらと揺れていた。顔は面布で隠れているが、ニヤニヤと笑う口元はしっかりと昌磨の網膜に焼き付いた。

「こんなところに、こんな良質な餌があろうとは知らなんだ。つまりは、もうこんな半端物を使わなくても済むということか」

彼の手には血を流す子猫がいた。やはり腱はしっかりと切られている。出血量から見て致命傷ではないものの、早く手当てした方がいい傷なのは確かだろう。

昌磨は咄嗟に河童を自分の後ろに隠した。

「誰だ？」

「誰か、と？　お前のように無知な子でも、私の名前ぐらいは聞いたことがあると思うのだけれどな」

そう笑う彼からは危険な香りしかしない。

背筋が伸びる。神経がピリピリと痺れるようだった。

男は用具入れから飛び降りると、昌磨に向かってゆっくりと歩いてくる。

「昴！」

昌磨は咄嗟に叫んだ。

小さな花火が散り、いつものように空中から昴が飛び出た。

気配で相手が危険な怪異だと察知したのだろう。彼は指示を待つことなく、男につっこんでいく。そして、男にぶつかる直前で顔を覆うように大きくなった。

しかし――

「キュウッ!!」

昴は男の手に振り払われてしまった。飛ばされた昴は公園を囲うコンクリートの壁にめり込み、意識を失ってしまう。

まさに、一瞬の出来事だった。

「昴っ！」

「なんだ、衾か。カトンボかと思ったぞ」

余裕綽々《しゃくしゃく》の笑みで、男は昌磨との距離をさらに縮めてくる。

「縁！」

そう呼べば、また花火が散り、次は縁が現れる。

今度は大きさが違うので飛ばされることはない。そう思っていたのだが……。

「がっ！」

縁が大きくなる前に、その頭に男の踵が落ちてきた。

瞬間、縁は頭から地面にめり込む。気を失ったのか、縁はそこで動かなくなってしまった。

「縁……」

「まったく、頭が高いな。私を誰だと思っているんだ」

男はとうとう昌磨たちを追い詰めた。あの動きを見ればわかる。このまま走ってもきっと逃げられはしないだろう。

「あぁ、この匂いは……そうか。あの男がお前を隠していたんだな」

男は手に持っていた子猫を無造作に落とす。そして、血のついた指で昌磨の頬をなぞった。

「いいな。お前は最高の餌だ」

「昌磨さん！」

後ろにいた河童が飛び出してくる。

そして、昌磨を守るように二人の間に割って入った。

「ちょっ！」

「お前には散々、煮え湯を飲まされたな」

一瞬の出来事だった。まるでボールのように河童の身体は吹っ飛んだのだ。男が蹴った少女の身体は高く舞い上がり、土嚢が落ちるような音をたてながら地面に顔からつっこんだ。

「河童っ！」

「アレのせいで計画が潰れたかと思ったが、思わぬところで役に立った」

「計画？　お前はあの子猫たちを使って何をしていたんだ？」

唸るような声が出た。しかし、男に怯んだ様子はない。

「怪異を集めていた」

「怪異を？」

「そう。怪異たちがお前のような『見える人間』に群がるのは知っているな？　けれど、見える人間というのは数が少ない。子供の頃は見えていても、物心ついたときには見えなくなってるなんてざらだからな。その点、犬や猫は子犬や子猫のころから怪異が見えるものが多い。ある程度大きくなっても、それは続く。それだけ血がこちら側に近いということなのかもしれないな」

　言葉の意味がわからなくて、昌磨の眉はひそんだ。

　男はなおも続ける。

「勘違いするのだよ。特に弱い怪異はね。お前のように見える人間の血と、見える犬猫の血を嗅ぎ分けできない」

「つまり、お前はあの子猫の血を使って、怪異を集めていたのか？」

　その瞬間、昌磨が思い出したのは、ハンカチについた子猫の血に群がる小さな怪異たちだ。男はあの現象を狙っていたのである。

「当たりだ。私はあの子猫らの血を使い小さな怪異を集め、それを餌にして順々に大きな怪異を釣っていく予定だった。しかし、それをあの河童にことごとく邪魔されてな」

　河童は狙ってやっていたわけではなかったが、傷ついた子猫を治療することにより、この男の『怪異を集める』という目的を邪魔していたようだった。

「あの河童のことを、本当はすぐにでも殺してやりたかった。しかし、私がここで河童に近寄れば、せっかく集まり出した小さな怪異たちは散り散りになってしまうだろう？　強い怪異の匂いに、弱い怪異たちは近寄ってこないからな」

「お前は、そんなに怪異を集めてどうするつもりだったんだ？」

昌磨の質問に答えたのは男ではなかった。

「百鬼夜行でも計画していたんだろう？　怪異を集めてする事なんて限られているからね」

凛とした声が公園に響いた。男の後ろに見知った影があるのを見つけて、昌磨は息をのむ。

「天童さん⁉」

そこには天童がいた。彼はじっと銀髪の男を見つめている。

「久しぶりだね、天邪鬼《あまのじゃく》」

「あぁ、久しぶりだな、――酒呑童子《しゅてんどうじ》」

酒呑童子と呼ばれた天童の目が据わる。口元には一切笑みはなかった。

その表情に今までにない彼を感じて、背中がぞわりと粟立つ。

天邪鬼はニヤリと笑った。

「違うか。今は天童と名乗っているんだったな。まだ人ごっこをしていたとは、驚きだ」

次の瞬間、天邪鬼の手が伸びてきて昌磨の首を絞め上げた。あまりにも強く絞め上げられたために、呼吸ができなくなる。

「がっ……」

「こいつは連れてくぞ」

「行かせると思っているのか？」

「酒呑童子、気をつけろよ」

昌磨の首に彼の長い爪が食い込んだ。皮膚が裂け、血の玉がぷっくりと浮き上がる。

「私は死体でもいいんだ」

天童の動きが止まる。

天邪鬼は楽しそうに肩を揺らした。

「全部終わったら、ちゃんと生きたまま返してやる。だから今は邪魔をするな」

その言葉と共に腹をなぐられ、昌磨の意識は深い闇に落ちた。

◆◇◆

『昌磨、起きんさいね』

いつの間にか縁側で眠りこけていた俺は、ばあちゃんのその声で目を覚ました。

起き上がるといつもより頭が重たくてぼんやりとした。そばにはいつも遊んでいる水色のゴムボール。

そのボールを見て、なぜか背筋がぞわりとした。しかし同時に、嗅いだことのない甘い果物の香りがよみがえってくる。この香りは――

『ねぇ、ばあちゃん。さっき、目が赤くて、頭にツノが生えた男の人いたよね』

霞む記憶を手繰り寄せ、そう聞いた。

俺の言葉に、ばあちゃんは少し驚いたような顔つきになり、やがてゆるゆると首を横に振った。

『いいや。ばあちゃんは、そんな人は見てないねぇ。昌磨は夢でも見たんじゃないかい？』

『夢？』

『そう、夢』

夢と言われると夢のような気がしてくる。

一瞬だけ蘇った記憶に、また霞がかかった。真っ白な霧に覆われた記憶は、すぐに思い出すのも困難なほどになってしまう。

まるで、誰かが意図的に隠しているようだった。

『昌磨は、その夢に出てきた男の人が怖かったのかい？』

心配そうな顔をするばあちゃんに、俺は首を振った。

『別に、怖くはなかったよ。全然、笑わない人だったけど』

『そうかい』

『でも、夢かぁ。近所の人だったら、遊んでもらおうと思ったのに……』

兄弟もいない上に近くに友達もいない俺には、あのぐらいの大人は遊び相手として
すごく魅力的に映ったのだ。

俺の発言に、ばあちゃんはまた少し驚いたようだった。

『……そうさね。じゃ、伝えておこうかね』

夢の中の男を知っているかのように、ばあちゃんはそう言う。

そして優しい顔で笑い、俺の頬を撫でた。

『また夢で会えるといいねぇ。その時にはきっと遊んでくれるし、笑ってもくれるだろうさ』

『うん』

俺が頷くと、ばあちゃんは嬉しそうな顔で頬を引き上げた。

◆◇◆

気がついときには、昌磨は廃屋にいた。

うち捨てられた倉庫のような何もない一室だ。

部屋は広いが物はなく、壁の塗装は剥がれ、天井も落ちていた。

明りもない室内はびっくりするくらい暗い。

窓から見えるのはビル街の明り。明りの高さからいって、ここもどうやら使われなくなったビルのようだった。

昌磨の身体はパイプ椅子に縛り付けられており、身動きがとれない状態になっている。

「気がついたな」

天邪鬼の声がして、昌磨は視線を巡らせた。すると、壁により掛かっている白い影に目が留まる。

彼は腕を組んだまま、じっと昌磨を見つめていた。

「ここは？」

「お前が知る必要はない」

ぴしゃりと会話を閉じられる。

昌磨も口をつぐんだ。

どうやら、彼は話す気はなさそうだ。じっと窓の外を眺めている。

昌磨の身体に興味はあれど、彼自身には興味ないのだろう。

(なんとかしてここから出る方法は……)

縛られた手足を動かすが、縄はびくともしない。表面が荒い縄なので、ごそごそと動かしていると手には擦り傷のような痕がついていく。血が滲むのに大した時間はかからなかった。

「無理だ。やめておけ」

身をよじっているのが目についたのだろう。天邪鬼は静かな声でそれだけ言う。

昌磨はじっと天邪鬼を睨み付けた。

「本当によく似ているな。忌々しいほどに」

「ぬらりひょんに、か？」

「何も知らされていないと思っていたが、それは知っているのだな」

そこで初めて天邪鬼の顔に笑みが浮かんだ。

どうやら昔話はお気に召すらしい。

前に豆腐小僧――太郎から『ぬらりひょんに似ている』と言われていたのでそう答えただけだが、どうやら昌磨とぬらりひょんは本当に似ているようだった。

奥歯を噛みしめる音が響く。

「人でありながら、怪異として生き、この私を怪異としてあの本に封じた忌々しいやつよ」

「そのぬらりひょんが天童さんの言う『師匠』なのか？」

「あぁ、そうだ。アイツは怪異でありながら、人の生にも憧れを持っていた。だから、人でありながら怪異の名を持つあの男を師と呼んでいた。まぁ、その師も死んだがな」

そこで昌磨は改めて天童が怪異だと思い知った。

天邪鬼が天童を『酒呑童子』と呼んだあたりから気づいてはいたが、こうもまざまざと突きつけられると、受け入れるほかなくなってくる。

（どこからどう見ても、人間に見えるのに……）

しかし、彼は一度として自分のことを『人間』だと名乗ったことはなかった。怪異と人間の境目を作ったときも、自分を怪異側に振っていた。

昌磨はそれに一抹のさみしさと理不尽さを感じていたけれど、あれは天童にとっては自然な線引きだったのだ。

「お前は百鬼夜行を知っているか？」

昔話を境に天邪鬼は少しおしゃべりになっているようだった。

昌磨は緩く首を振る。どこかで聞いたことはあるが詳しくは知らない。

「百鬼夜行はな、別名歩く災厄だ。人間は見るだけで呪われ、触れると死ぬと言われる、怪異の大行進だ」

天邪鬼は楽しそうに笑う。その顔は怖いというより、どこか気持ち悪かった。

「なぁ昌磨、動物の群れを操るにはどうしたらいいと思う？」

「さぁ」

「餌で釣るんだよ。私はお前を餌に、百鬼夜行を決行する。お前の血で道を作れば、すぐさま怪異の大行進が完成だ！」

　ぞわりと全身の毛が逆立った。

「わかってるとは思うが、怪異を呼び出しても無駄だからな。酒呑童子ならともかく、アイツらは私に敵わない。無駄に代替わりをさせることになるぞ」

　昌磨は下唇を噛みしめて天邪鬼を睨む。それをどう取ったのか、彼は優しく目を細めた。

「大丈夫だ、殺しはしない。一回で使い切ってはもったいないからな」

「お気遣い、どうも」

「戌の日まではまだ少々早いが、百鬼夜行の決行は明日だ。それまでせいぜいあがくがいい」

　天邪鬼はそう言うと静かに扉の外に消えていった。

◆◇◆

「えぇ⁉　昌磨さんがさらわれた？」

　話を聞いた冬花はひっくり返った声を上げた。

事務所には冬花と天童、それと机の上に横になっている昴がいる。座っているのもつらいのだろう。昴の身体を覆う体毛は少し赤くなっていた。その赤は、おそらくこびりついた血だろう。

河童の妙薬のおかげで傷は塞がっているが、ダメージはまだ残っているようだった。

昴が本の中に戻らないのは、さらわれた昌磨を心配してのことだった。

「さらわれちゃったって、どうするんですか⁉　どこにいるのかわかるんですか⁉」

冬花は彼女らしくない甲高い声を上げる。焦っているのか、事務所の中をうろうろと歩き回っていた。

対して天童は冷静だった。

「どうもしないよ。どこにいるのかもわからない。天邪鬼は昌磨を使って百鬼夜行を起こそうとしているみたいだけど、邪魔をすれば昌磨を殺すと脅されているからね。手が出せない」

「百鬼夜行⁉　大変じゃないですか！　そんなもの、引き起こされた暁にはもう……」

「そうだね。多くの人間が巻き添えを食らうことになるだろう。死人も出るかもね」

淡々と言葉を吐き出す天童に、冬花は責めるような視線を向ける。

「天童さん！　何もしないでただ見ているだけなんですか⁉」

「今、俺が動いたら昌磨は確実に殺される」

「それはそうかもしれないんですけど……」

冬花は悔しそうにその場で地団駄を踏む。握った手のひらに爪が食い込み、赤くなった。

何かしたいが何もできない。それは天童も同じ気持ちだ。

「ねぇ、天童さん。何か手はないんですか！」

「何か手、ね……」

意味深に呟きながら、天童は窓に目を向けた。

◆◇◆

翌日、昌磨は昨日のパイプ椅子の上で目を覚ました。座った状態で眠ったので身体中が痛い。全身の筋肉が固まっているようで苦しさも感じた。

一晩経った今でもロープは緩むことなく昌磨の手首と足首に食い込んでいた。ひりひりと痛むので、きっと傷になっているのだろう。

窓から外を見てみればもう日が高くなっていた。

時計がないので時刻はわからないが、もう昼は過ぎているだろう。

「やっと起きたか。そろそろ移動するぞ」

気がつけば天邪鬼が目の前にいた。

手首の縄はそのままに、パイプ椅子と身体をつないでいた縄と足首の縄は外される。

一瞬、逃げようかと思ったが、天邪鬼に隙はない。このまま走っても、逃げ出せる確率は低いだろう。

「今からどこに行くんだ？」

昌磨の言葉に天邪鬼は片眉を上げる。

「気になるか？　気になるよな」

天邪鬼は意地悪く笑った。

そうして連れていかれた場所は、小高い丘。赤と白で塗られた通信鉄塔の上だった。丘の下には住宅街が広がっている。

何もかもを見渡せる場所で、天邪鬼は昌磨の首から下げていたお守りを手に取る。

「これを外してすぐに怪異が寄ってくればいいんだがな。残り香もあるし、そうもいかないだろう」

天邪鬼はお守りをむしるようにしてとった。そして鉄塔の上から放る。

お守りはゆるく弧を描いて、落ちていく。落ちた先は見えなかった。

「だが、あと数時間もすれば、お前の足下には怪異が寄ってくる。楽しみだな」

天邪鬼は唇の端を上げるようにして笑った。

「なぁ、なんでお前は百鬼夜行なんてしようと思ったんだ？」

「なんで？」

「何か目的があるんじゃないのか？」

昌磨の言葉を受けて、天邪鬼は笑い出した。

身体を小刻みに震わせて、彼は心底おかしそうに笑う。

「目的？　こんな破滅的なことを願うのだ。相場は大体決まっているだろう？」

白銀の髪が風にたなびく。

「復讐だよ。私は復讐がしたいんだ」

「復讐？」

「私はかつて神だった。なのに人間の信仰が！　噂が！　思いが！　私を神から怪異に貶めた!!」

先ほどまでとは全く違う熱量で、彼は叫ぶ。

眼前にかけられた面布から覗く双眸は、血走っていた。

「そして終いには本に閉じ込められ、何十年、何百年とあの有象無象と同じような怪異として過ごした！　何百年もだぞ！　この屈辱がお前にわかろうはずもない！　神としての矜持は消え去り、怪異としての己も認められぬ日々！　辛かった。代替わりしようと、何度己《おの》が首に爪を立てたか！」

　今までにない感情的な声で彼は続ける。

「これは私の人間に対する復讐なのだ！　神である私をここまで堕とした罪は重い！　私は今このときを何十年と本の奥で待った！　もうすぐ念願が叶う!!」

　天邪鬼は牛鬼のように言葉が通じないやつではない。だから、もしかしたら説得ができるかもしれないと思っていたのだが、この様子ではそれは難しいだろう。

　昌磨の言葉は、きっと今の彼には届かない。

（説得が無理なら、なんとかしてここから逃げ出さないと）

　しかし、助けも期待できない上に、手首を縛られている昌磨にできることはなかった。

　頼みの綱である昴や縁もやられてしまっている。

　もう一度呼び出したとして、弱っている二人に勝ち目はきっとないだろう。

（二人とも大丈夫かな……）

　あれからすぐさらわれてしまったので、二人の無事は確認できていなかった。代わりなどは起こっていないと思うが、怪我はしているだろう。

　天邪鬼の言い方だと、天童ならば彼に対抗できるようだったが、彼もまさか昌磨が鉄塔の上にいるとは思うまい。

（なんとかして、天童さんにだけでもこの場所を伝えることができたら……）

考えをめぐらせていると、いつかの彼の声が蘇ってきた。

『もし、何かあったらちゃんと俺を呼ぶんだよ。それだけは約束して』

（なんで今……、呼べるわけ――あっ!!）

そのことに気づいた瞬間、昌磨は全身が熱くなるような思いがした。

もしかしたら勘違いかもしれない。でも、そうじゃないという確信がどこかにあった。

それは信用と言うよりは信頼だった。

昌磨の気配に気づき始めたのか、彼らの足下には怪異が集まり出していた。小さいものほど気配に敏感なのか、最初に集まってきたのは小物ばかりだ。しかし、じきに大物も集まり出すだろう。

「この街が終わったら、次は隣街だ。その次はまたその隣街。人間どもめ、覚悟していろ」

天邪鬼は集まってきた怪異たちを見ながら、唸るように呟いた。

「覚悟するのはお前だ。天邪鬼」

足下のおぼつかない鉄塔の上で、昌磨は彼と向き合った。

天邪鬼は昌磨の生意気な態度に目を細める。

「そんな口をたたける立場だと思っているのか？　私が必要なのはお前の身体だけだ。あまり耳障りなことを言うのならば、殺してもいいんだぞ？」

凄んできた天邪鬼を昌磨は正面から見つめた。

その瞳に怯えはない。

「天邪鬼、お前は俺を殺せない。天童さんが百鬼夜行の邪魔をしないのは、お前が俺を人質に取っているからだ。そうじゃなきゃ俺なんかもうこの時点で殺されている。ようは俺の血だけあればいいんだからな。意識のある人形なんて邪魔なだけだ」

「……」

「お前にとって、俺は生きている方が価値があるんだ。天童さんをここに近づけさせないための、人質としての価値が。だからお前は俺を殺せない。そうだろう？」

「もしお前の言っていることが正しいとしても、死んでいるよりは生きている方が多少都合がいいというだけだ。私がお前を殺さない理由にはならない」

「でも、多少は都合がいいんだろう？」

「だからどうした？」

「だから、こうする！」

昌磨は鉄塔の上から後ろ向きに身を投げた。一瞬、天邪鬼の手が伸びてきたが、身をよじって避ける。

「自死を選ぶとは！」

悔しそうにそう言いながら、天邪鬼は叫ぶ。

昌磨は落下しながら空に向かって叫んだ。

「天童さん‼」

瞬間、花火が散った。昴や縁を呼んだときのような小さいものではなく、その何十倍も大きい花火。それはちょっとした爆発のようだ。

「よく、思い至ったね。昌磨」

現れたのは天童だった。しかしその姿はいつものような洋服ではなく、着物姿である。

モノクロの世界から飛び出したかのような色のない着物だ。

彼の茶色い髪の毛だけが妙に浮いている。額には見覚えのある二本の小さな角。

そして、南天の実のような赤い瞳。

昌磨はなぜかそれをとても懐かしく感じた。

『それならば、一時の夢ということに……』

声とともに蘇ってきた幼いころの記憶にはっとする。

ずっと夢だと思っていたソレが、はっきりと形を持った瞬間だった。

あれは決して夢ではなかったのだ。

あの声は。あの姿は。あの顔は。

「天童さん、もしかして――!!」

「ん？」

天童は首をひねった。

暢気《のんき》な反応を示す彼に昌磨は過去のことを問い詰めようとした。しかし、そこで彼は自分たちが今、落ちていることを思い出す。

気がつけば、すぐそばに地面が見えた。

「ちょちょちょ！　す、昴!!」

昌磨は慌てて昴を呼んだ。すると、すぐさま彼らの下に大きな毛皮が広がった。

二人は見事そこへ着地する。

ぼふん、と毛皮が二人の重みで波打った。

「あっぶないなぁ！」

冷や汗をかきながら、昴は背中の二人を振り返る。

そして、無事を確認すると、元の大きさに戻った。

昴もいきなり呼び出されたと思ったら、いきなりピンチで、いきなり助けを求められるとは思わなかったのだろう。昴は昌磨に怒鳴り声を上げる。

「馬鹿だろお前！　あのまま落ちてたら、死んでたぞ!!」

「……ごめん」

昌磨は頭を下げた。

あのときはどう意表をついて天童を呼び出すかしか考えてなかった。

昴だって、そんな無計画状態でいきなり頼られても困るだろう。

無事に地面に降り立った二人の側に、天邪鬼が飛び降りてくる。

彼は天童を見ながら悔しそうに歯噛みした。

「くそっ！」

「終わりだ。天邪鬼」

「私の長年の夢が、ここで終わるわけがないだろうが!!」

半ばやけくそな感じで天邪鬼は天童に振りかぶる。

それをこともなげに避けて、天童は天邪鬼の腕を取った。

そのまま鉄塔に押しつける。

ガン、と鉄同士が打ち付け合うような音が幾重にも重なって響いた。

天童は天邪鬼に顔を近づけ、これ以上ないぐらいに声のトーンを落とした。

「元が神だとかは関係ない。鬼に堕ちた君が、俺に勝てると思ってるのか？」

そのまま、天童は顎を蹴り上げる。天邪鬼の口の端が切れて、血が舞った。

天童は天邪鬼の首を片手で掴み、掲げる。

彼の足がバタバタと宙を掻いた。

その力量の差は圧倒的だ。もう誰も敵わないんじゃないかと思っていた天邪鬼が、今では赤子のように思える。

天童は優しく問いかける。

「俺がどんな怪異か知っているだろう、天邪鬼」

「う、ぐぅ……」

「長い間会ってなかったから、もしかしたら君は忘れているかもしれないな。だから、親切にもう一度教えてあげよう」

天童は殴りつけるように、彼を鉄塔に押しつけた。その衝撃で、鉄塔の柱がわずかに歪む。天邪鬼の身体が跳ね、痙攣した。

天童は赤い実のような瞳を天邪鬼に近づける。

「怪異、酒呑童子は鬼の頭領だ」

エピローグ

「で。結局、天童さんの師匠と俺って、どういう関係があったんですか？」

昌磨がそう切り出したのは天邪鬼を本に戻した翌日だった。

冬花もいないので珍しく事務所で二人っきりである。

昌磨の手首にあった傷は新しく仲間になった河童の涼音《すずね》に治してもらったので、もう傷は残っていなかった。

天童もいつもの人としての姿である。

額に角なんてものも生えていないし、瞳も赤くない。

「どういう関係って言われてもね。んー。簡単に言うと、俺の師は昌磨のご先祖様だよ」

「先祖？」

昌磨はオウムのように天童の言葉を繰り返した。

「祖父や曽祖父というほど近くないから、ご先祖様が適切だろう？」

「で、その人は結局妖怪だったんですか？」

そうすると昌磨はまじりっけのない人間というわけではなくなってくる。しかし、それならばこの普通の人ではあり得ない『見える体質』にも説明がつくというものだった。

天童は首を横に振る。

「いいや。あの人はただの人間だったよ。普通の人と違うところがあるとするのならば、昌磨と同じように見える側の人間だったってことかな」

天童は懐かしそうに目を細めながら語り出した。

昌磨の先祖である升六《ますろく》は幼いころから怪異が見える、特別な体質だった。

それゆえに多くの怪異に付きまとわれ、お守りを持つ前の昌磨のような生活を長いこと続けていたという。

升六はとても優しくて器の大きな人間だった。怪異のことも家族同然に思っていて、人の身でありながら、よく怪異から相談をもちかけられていた。

彼の周りに集まる怪異は年々数を増していき、彼が成人を迎えるころにはその界隈で彼のことを知らない怪異はいないとされるほどの有名人になっていたらしい。

しかし、人々は怪異の見える升六を気味悪がった。

最初こそ『変人』でなんとかなっていたのだが、彼の周りを取り囲む怪異が増えるごとに、人間からの当たりもだんだんとひどくなっていった。

なんせ、彼の周りだけ不思議な出来事が絶えなかったからだ。

見える升六からしてみれば、それは実に自然なことだったが、見えない人間からしたら、不自然極まりなかった。

物が宙に浮き、場所を移動する。

誰もいないところから声だけ聞こえる。

ときには何もないところで火が付いたり、水が出てきたりする。

それは人が升六から遠ざかるのに、十分すぎる理由だった。

升六はだんだんと人との交流を失っていった。

そして最後には彼自身も『怪異』と呼ばれるようになり、人里から完全に追い出されてしまった。

そのときについた怪異の名が『ぬらりひょん』である。

「彼は怪異と人の間を行き来しているような人だったよ。どっちつかずだけれど、どっちとしてもちゃんと生きている。俺は彼のそういう生き方にあこがれて、師と仰ぐようになったんだ。酒呑童子という怪異も、父が怪異で母が人間だからね。そこで妙な共感を持ったのかもしれないね」

「へぇ。天童さんってハーフだったんですね」

「ハーフというより、要素があるって感じだけれどね。俺は怪異と人との子供だけれど、性質的には完全に怪異だ。人間としての要素は容姿ぐらいなものだよ」

確かに怪異としての彼の姿は、鬼というより人に近い。鬼としての主張は角だけと言っても過言ではないだろう。

「で、升六さんは結局どうなったんですか？」

「俺も詳しくは知らないんだ。ちょうどそのとき、彼の家からしばらく離れていてね。帰ってきたら、彼はもう死んでいたんだよ。噂によると、友人だった怪異に殺されたらしい」

天童は悲しそうに視線を下げた。

もう何十年、何百年と前の話なのだろうけれど、彼にとっては断ち切ることのできない過去なのだろう。その証拠に、師の残した収集録を彼は大事に持っていて、なおかつ管理しようと努めている。

「そういえば、天童さん。一つ聞きたかったんですけど、幼いころ俺と会ってますよね？」

昌磨の言葉に天童は驚いたような顔をした。

「あれ？　もしかして、思い出した？」

「思い出したって言っても、一部だけですけどね。――というか、その反応！　俺が最初からあのときの子供だってわかってましたね！」

祖母の家で会った、不思議な人。額に角の生えた、甘い香りのする人だった。

今ならわかる。あれは日本酒の香りだ。

あの直後、昌磨は祖母からお守りをもらったのだ。絶対に外さないようにと言い含められて。

タイミング的にあれはきっと天童が作ったものだろう。そう考えれば、あの裂けたお守りを天童がいとも簡単に直せたのも頷ける。もともとを彼が作ったのだから当然だ。

「まさか、ばあちゃんからも三百万円取ったんですか？」

「いや。無料で作ったにきまってるだろう？　彼女は師の大切な子孫だからね」

「じゃあ、俺は⁉」

「昌磨は……ちょっとからかってみたくなって……」

ニコニコと悪びれることもなく彼は言う。

からかうにしても、三百万円は吹っ掛けすぎだ。せめて三十万円だろう。いや、三万円でも高い。常識的に考えれば、三千円でもぼったくりだ。

天童は笑みを浮かべたまま昌磨を見ていた。

「だから、いつ辞めてもいい」

「へ？」

「もともと昌磨に借金はなかったんだ。その新しいお守りも無料だし、今までのバイト代ももちろん支払うよ」

昌磨はそこで『辞めてもいい』というのがバイトにかかっているということを知る。

「だからもう昌磨は、怪異に関わることなく過ごせばいい。前も言ったように、こちら側に関わっていいことはない。今回みたいなことだって、これからあるかもしれない。だから……」

「天童さん。俺前に言いましたよね。俺が誰とどう関わるかは俺が決めるって」

その台詞に天童は目を瞬かせた。

「借金がなくなったのは、嬉しいです。ありがとうございます！　でも、俺、バイトは辞めませんからね！」

「いや、でも……」

「天童さんは俺にのたれ死ねって言うんですか⁉」

その言葉に、天童も口をつぐむ。

「俺、この前バイト辞めてから、まだ新しいバイトを見つけてないんですよ！　あれ、一番割のいいバイトだったのに、最悪です！　今のバイトだけじゃ、生活していくのも精いっぱいだし。天童さんのところがなくなると、正直大打撃です！」

昌磨は腕を組んだ。自分は頑なだと言いたいのだろう。

「それでも、俺を追い出しますか？　のたれ死んだら化けて出ますよ！」

天童は噴き出した。そのまま肩を揺らして笑う。

「ははっ。もう、降参だ。俺が無理やり事務所から追い出しても、なんだかんだ言って君は怪異に関わっていきそうだしね。それなら見えるところにいてくれる方が助かる。君をむざむざと死なせたとあったら、師に怒られるからね」

「天童さん！」

「でも、特別扱いはしないからね。これからも頑張ってどんどん怪異を捕まえてね」

「わかりました」

昌磨の答えに、天童は珍しく嬉しそうに唇を引き上げた。

本書は書き下ろしです。
この物語はフィクションです。
実際の人物・団体等とは一切関係ありません。

ポルタ文庫

怪異収集録 謎解きはあやかしとともに

2019年9月26日　初版発行

著者　桜川ヒロ

発行者　宮田一登志
発行所　株式会社新紀元社
〒101-0054
東京都千代田区神田錦町1-7　錦町一丁目ビル2F
TEL：03-3219-0921　FAX：03-3219-0922
http://www.shinkigensha.co.jp/
郵便振替　00110-4-27618

カバーイラスト　アオジマイコ
DTP　株式会社明昌堂
印刷・製本　株式会社リーブルテック

ISBN978-4-7753-1763-1

死体埋め部の悔恨と青春

斜線堂有紀

イラスト　とろっち

大学生の祝部は飲み会の帰りに暴漢に襲われ、誤って相手を殺してしまう。途方に暮れた祝部を救ったのは、同じ大学の先輩だという織賀。秘密裡に死体処理を請け負っているという織賀の手伝いをする羽目になった祝部だが…。青春×ホワイダニットミステリー！